GEHEIMES GELÜBDE

MAFIA EHEN BUCH EINS

WILLOW FOX

SLOWBURN
PUBLISHING

GEHEIMES GELÜBDE

Mafia Ehen Buch Eins

Willow Fox

Veröffentlicht von Slow Burn Publishing

Cover Design by MiblArt

© 2022

v4

übersetzt von uragaan

überarbeitet von Daniel T.

Alle Rechte vorbehalten.

KAPITEL EINS

DANTE

Die Art, wie sie tanzt, macht Dinge mit mir, von denen ich weiß, dass sie falsch sind.

Ich trinke noch ein Glas Whiskey und versuche, den Drang zu unterdrücken, zu ihr zu schleichen und ihre Lippen mit meinen zu erobern.

„Sag mir, dass du nicht vor hast, mit Nicole DeLuca zu schlafen", sagt Moreno.

Er ist mein zweit bester Freund und auch unverhohlen ehrlich, selbst wenn ich das nicht will.

Er weiß auch, dass ich seit dem Moment, als ich von Ginos Tochter erfuhr, einen Steifen für Nicole habe.

Ich mag Herausforderungen, und sie ist tabu. So macht dieser Fang gleich viel mehr Spaß.

„Hast du gesehen, wie ich mit ihr geredet habe?" Ich werfe Moreno einen finsteren Blick zu, damit er die Klappe hält. Mehr oder weniger bezweifle ich, dass er tun wird, was ich will.

Er ist ein guter Kerl, wenn man so etwas über die Ricci-Familie sagen kann.

„Du trinkst und starrst weiter. Sie wird dich sicher bemerken", sagt Moreno.

Vielleicht ist das der Punkt. Ich möchte, dass sie mich bemerktund, und mich so fürchtet, wie ihr Vater Gino meine Familie fürchtet.

Nicole stolziert auf die Tanzfläche. Das Licht fällt auf ihr rabenschwarzes Haar.

Sie stößt und reibt sich und wirft die Arme in die Luft.

Ich möchte das Lächeln aus ihrem fröhlichen Gesicht ficken.

Sie hat eine Kraft, mit der man rechnen muss, und ich bin genau der richtige Mann, um ihr Leben auf den Kopf zu stellen.

„Nimm noch einen Drink, der geht auf mich." Moreno gibt dem Barkeeper ein Zeichen und dieser schenkt einen weiteren Whiskey ein.

„Auf dich?" Ich lache.

Mir gehört die verdammte Bar.

Er kann so viele Getränke kaufen, wie er will. Ich trinke hier alles umsonst.

„Das heißt aber nicht, dass du dem Personal kein Trinkgeld geben kannst." Moreno schiebt dem Barkeeper, Ren-irgendwas, einen Fünfziger zu.

Ich habe seinen Namen vergessen. Ich habe ihn eingestellt, nachdem der letzte Typ mir Kopfschmerzen und einen toten Chef beschert hat.

Manche Dinge lässt man besser in der Vergangenheit.

Don zu sein hat Vorteile, zum Beispiel jedes Mädchen zu bekommen, was ich will.

Heute Abend ist dieses Mädchen Nicole DeLuca.

Ich rutsche auf dem Barhocker hin und her.

Normalerweise beanspruche ich die Eckkabine. Sie ist mit einem Schild für mich reserviert, wenn ich mal hereinkommen möchte, um etwas zu trinken oder mit einem Mitarbeiter zu reden.

„Du brauchst ein anderes Mädchen, jemand, der weniger tödlich ist", sagt Moreno.

Ich lache leise vor mich hin und nippe an meinem Whiskey. „Du redest, als wäre sie eine Mörderin."

„Ihr Vater ist einer."

Ich fuchtle mit der Hand in der Luft herum. „Gino ist ein alter Mann und er geht mir auf die Nerven." Er ist auch so ein Problem, um das ich sich kümmern muss, aber diese Aufgabe erledige ich an einem anderen Tag.

Heute Abend bin ich hier, um etwas Dampf abzulassen und Spaß zu haben.

„Wenn du das Mädchen fickst, wird er dich zur Strecke bringen", warnt Moreno. Er winkt den Barkeeper heran und holt sich einen weiteren Drink.

Ich ziehe eine Augenbraue hoch, ich habe Moreno schon ewig nicht mehr trinken sehen.

Wenn er trinkt, ist das sehr schlecht. „Scheiße, ich treibe dich zum Trinken. Das muss wirklich das Ende der Welt sein", spotte ich.

Er kneift den Rücken seiner krummen Nase zusammen, die hat er davon, als er vor fast zwei Jahrzehnten meine Ehre bei einer Kneipenschlägerei verteidigt hat. Ich war jung, naiv und an der Schwelle zum siebzehnten Lebensjahr. Ich wusste, wie man wie ein Kind kämpft, aber nicht wie ein Mann.

Moreno hat das korrigiert. Er hat mir alles beigebracht, was ich über das Familienunternehmen weiß.

„Versprich mir einfach, dass du sie in Ruhe lässt." Moreno nippt an seinem Whiskey.

Jeder der ihn kennt, weiß, dass er den Geschmack nicht ausstehen kann, für einen Außenstehenden trinkt er aber wie ein Profi.

„Du musst dich nicht für mich umbringen", scherze ich und zeige auf den Whiskey. „Den trinke ich, während du dich abmühst."

„Siehst du, wie ich mich abmühe?", fragt Moreno.

„Während du den Whiskey genießt, werde ich mich auf der Tanzfläche austoben."

„Dante", sagt Moreno meinen Namen, aber in seinem Tonfall liegt mehr als nur ein Hauch von Warnung.

Er schreit mich an, dass ich ihm zuhören soll.

Aber wann höre ich schon mal zu?

Das Komische daran ist, dass ich sein Chef bin und mich weder von Moreno noch von sonst jemandem befehlen lasse. Ich schätze seine Besorgnis, aber das ist auch schon alles, ich werde immer tun was ich will .

Hat er das noch nicht begriffen?

Ich klettere vom Barhocker und mache mich auf den Weg zur Tanzfläche. Ich tanze nicht, das ist auch nicht nötig, denn ich habe eine Mission, und sie ist mein Ziel.

Wir sehen uns in die Augen und sie errötet, als ich mich ihr nähere.

Gut, sie scheint mich nicht zu kennen, zumindest hat sie nicht bemerkt, dass ich der Bastard bin, der versucht hat ihren Vater zu töten.

„Ich bin mit Freunden hier", sagt sie, als ob sie mich mit diesem Satz verscheuchen könnte.

„Nett von ihnen, dich stehenzulassen", sage ich.

Sie hat die letzten vierzig Minuten getanzt, ganz allein. Die Handvoll Jungs, die versucht haben, sie abzuschleppen, hatten kein Glück bei ihr.

Einer von ihnen sieht mich entschuldigend an.

Ich habe sie auch noch nie mit einem Schnaps oder Getränk in der Hand gesehen.

„Woher weißt du, dass sie nicht im Bad sind?", fragt Nicole.

„Wenn sie da wären, müssen sie sich aus dem Fenster geschlichen haben."

Sie rollt mit den Augen. „Willst du damit sagen, dass ich so langweilig bin?"

„Im Gegenteil, ich unterstelle dir gar nichts, nur dass du eine hübsche Frau bist, die allein tanzt."

„Ich wette, dieser Spruch funktioniert bei allen anderen Mädchen", sagt Nicole.

Sie hat recht.Ich muss mich nicht sehr anstrengenl, damit sie mir zu Füßen liegen. Da ich mit gutem Aussehen und einem tollen Körper gesegnet bin. Fällt ihr das nicht auch auf?

„Wie wäre es, wenn ich dir einen Drink spendiere und wenn du mich nie wieder sehen willst..."

„Okay."

Ihre Reaktion überrascht mich.

Ich führe sie zu der reservierten Kabine und gebe ihr ein Zeichen, dass sie sich zuerst setzen soll. Die Kabine ist gewölbt und ich sitze dicht neben ihr, sodass sich unsere Schenkel berühren.

Ich will sie berühren, sie verführen und ihr alle mögliche Art von Lust bereiten.

„Bist du sicher, dass wir hier sitzen sollten?", fragt Nicole. „Da stand doch reserviert."

Ich zucke nur mit den Schultern. Ich will ihr nicht verraten, wer ich bin, vor allem, sollte sie nichts von meiner Machtposition wissen .

„Mal sehen, was passiert", sage ich.

Sie zieht neugierig eine Augenbraue hoch, aber sie schließt ihren Mund.

Der Barkeeper von vorhin kommt herüber und ich mache eine Geste für zwei Drinks - für jeden einen. Ich muss dem Barkeeper keine Bestellung geben, er holt den besten Schnaps aus dem Regal.

„Ich habe deinen Namen nicht verstanden", sagt Nicole.

„Daniel", antworte ich. Das ist eine Lüge, ich habe mich immer Dante genannt.

Es ist klar, dass sie mich nicht erkennt, ich kann aber nicht zulassen, dass mein Name noch mehr Wiedererkennung auslöst.

„Ich bin Nikki", sagt sie und legt eine Hand auf meinen Oberschenkel.

Ihre Stimmung hat sich geändert, seitdem ich sie vor ein paar Minuten auf der Tanzfläche getroffen habe, aber ich bin mir nicht sicher, warum. Sollte mir das egal sein?

„Schön, dich kennenzulernen, Nikki", sage ich, als ob ich versuchen würde, mir ihren Namen zu merken.

Ich könnte ihn nie vergessen. Ich habe ein Auge auf sie geworfen, seit sie wieder in der Stadt ist und zu ihrem Vater, meinem größten Feind, gezogen ist: Gino DeLuca.

Alles, was ich will ist ihn zur Strecke zu bringen, und dabei werde ich gezwungen sein, sie für andere Männer zu ruinieren.

Pech gehabt.

Sie ist wunderschön, mit ihren langen schwarzen Haaren und den tief liegenden bernsteinfarbenen Augen.

Niedlich und sexy.

Sie könnte ein normales Leben haben, wenn ich nicht mit ihrem alten Herrn im Krieg wäre.

Das Licht ist gedämpft, die Bar ist für einen Freitagabend nicht sonderlich überfüllt.

Die Musik wird langsamer, und ich bin froh, dass wir in der Kabine sitzen. Ein langsamer Tanz ist zwar ganz schön, aber im Moment passt er mir nicht. Nicht, wenn ich mich an ihr reiben möchte.

Der Barkeeper kommt mit zwei Getränken zurück. Einen Whiskey für mich und einen Whiskey Sour on the Rocks für sie. Er ist stark, aber süß, zu mädchenhaft für meinen Geschmack, aber die Damen haben ihn in der Vergangenheit nicht abgewiesen.

Ich erwarte nicht, dass sie anders ist.

Aber ich liege falsch.

Sie schiebt ihr Glas zu mir und greift nach meinem, bevor ich es an meine Lippen heben kann. „Ich nehme das, was du nimmst.“

Sie meint damit mein Glas Whiskey.

Verdammt, das Zeug ist teuer.

Die Mädels nehmen immer den „Off-Label“, und da er gemischt ist, können sie den Unterschied nicht schmecken.

Sie lächelt verschämt und klimpert mit ihren langen, dunklen Wimpern, aber das ist nur gespielt.

Welches Spiel spielt sie heute Abend?

„Ich hoffe, es macht dir nichts aus. Ich bevorzuge das gute Zeug, flüssiges Gold.“ Nicole schluckt den

Whiskey in wenigen Sekunden herunter und knallt das Glas hart auf den Holztisch.

Ihr warmer, bernsteinfarbener Blick hat goldene Flecken, und je länger sie mich ansieht, desto mehr verfalle ich ihrem Blick.

Was zum Teufel ist hier los?

„Willst du von hier verschwinden?"

Das will ich mehr als alles andere, aber mein Bauchgefühl sagt mir nein. „Wie wäre es, wenn ich dich nach Hause bringe?" schlage ich vor.

Ich weiß bereits, dass sie bei ihrem Vater wohnt, aber ich frage mich, welche Ausrede sie mir liefern wird.

KAPITEL ZWEI

VIER STUNDEN *früher*

Nicole

„Komm mal runter, Nicole", sagt Papa.

Ich bin sein Schoßhündchen, seine Beute, mit der er gerne bei Freiern in der Branche angibt. Er prahlt damit, wie stolz er auf mich ist, aber er ist nur stolz auf sich selbst.

Ich hasse meinen Vater, aber er ist meine Familie. Es war nicht meine Idee, nach Hause zu ziehen, aber ohne Job und nach meinem College-Abschluss kann ich nirgendwo anders hin.

Ich schlendere die Treppe hinunter. Meine nackten Füße streifen über den kalten Holzboden. „Ja, Papa?"

„Komm, setz dich zu mir in mein Büro."

Das Entsetzen steigt mir in den Magen. Jedes Mal, wenn mein Papa mich in sein Büro einlädt, bedeutet das, dass ich ihn auf irgendeine Weise enttäuscht habe.

Was habe ich dieses Mal getan?

„Wie du weißt, habe ich geschwiegen und dich die Schule beenden und deinem Abschluss machen lassen", sagt Papa."

Meine Wangen brennen und ich presse meine Lippen fest aufeinander, um nicht emotional zu reagieren.

„Jetzt, wo du zu Hause bist und mit zweiundzwanzig Jahre, wirst du mit einem jungen Mann meiner Wahl zusammenziehen."

„Papa!" Ich fühle mich wie ein Kind, das ihn unterbricht.

Er behandelt mich auch so.

Mit seiner Hand schlägt er mir ins Gesicht.

„Unterbrich mich nicht", schimpft er.

Ich lasse meinen Kopf beschämt hängen. Das ist es doch, was er will: Kontrolle.

„Ich habe lange und gründlich über das Geschäft nachgedacht, Nicole. Es ist in unser aller Interesse, wenn du verheiratet bist mit—"

„Nein!" Ich will es nicht hören. Ich warte darauf, dass er mich wieder ohrfeigt, aber er tut es nicht. „Ich werde nicht jemanden heiraten, den ich deiner Meinung nach heiraten soll. Das ist so ein archaischer Gedanke!" rufe ich angewidert, während ich aus seinem Büro eile.

„Junge Dame, ich bin noch nicht fertig mit dir!"

Es ist mir egal was er mir nachruft als ich zur Haustür eile. Ich ziehe mir ein Paar Schuhe an und stürme durch den Haupteingang.

Ich habe das nicht richtig durchdacht.

Ich habe kein Auto.

Kein Geld.

Und niemanden, den ich anrufen oder auf den ich mich verlassen kann.

Ich gehe zur Hauptstraße und ignoriere die Wachen, die mich auf dem Weg nach draußen fragen, ob ich eine Mitfahrgelegenheit benötige. So sehr ich das auch möchte, weiß ich auch, dass sie meinem Papa alles erzählen werden, wohin ich abgehauen bin.

———

Ich mache mich auf den Weg zur Bar in der nächstgelegenen Stadt. Der Spaziergang macht mir nichts aus. Das Wetter ist schön, sonnig und angenehm, es ist wesentlich besser ist als meine Laune.

Ich möchte mich besaufen, aber ich habe mein Portemonnaie vergessen. Ich könnte mit dem Barkeeper flirten oder mit einem heißen Typen an der Bar. Das setzt aber voraus, dass jemand in dieser verrückten Kleinstadt gut aussieht und meine Zeit wert ist.

Es hilft auch nicht, dass ich nirgendwo hingehen kann. Die Rückkehr nach Hause fällt mir so schwer wie eine Tonne Ziegelsteine.

Ich lasse die Drinks aus und schlendere auf die Tanzfläche. Die pulsierende Musik weckt mich innerlich auf und lässt mich den turbulenten Tag vergessen. Die ersten beiden Typen, die um meine Aufmerksamkeit buhlen, schüttle ich ab.

Sie wecken kein Interesse in mir. Sie sind zu lächelnd und wie aus dem Ei gepellt.

An der Bar sitzt ein Mann, der heiß ist.

Scharf gekleidet, dunkle Augen und fit unter seinem Anzug.

Er gibt sich zu viel Mühe, Frauen zu beeindrucken.

Mein Blick verweilt länger auf ihm, als ich es möchte. Ich löse meinen Blick von ihm, drehe mich um und tanze in der Mitte der Tanzfläche, während meine Füße auf den Boden stampfen. Sich loszulösen, fühlt sich wunderbar an, wenn ich nur alle Verbindungen zu meinem Leben kappen könnte

Es wäre nicht so schwer, wenn ich einen Job als Lehrerin bekommen hätte. Mein Abschluss ist nur ein wertloses Stück Papier.

Ich hätte den Arbeitsmarkt prüfen sollen, bevor ich meinen Abschluss in Grundschulpädagogik gemacht habe. Es war ja nicht so, dass ich keinen Job bekommen hätte. Es gab ein paar Stellen, aber nicht in den besten Gegenden.

Das hätte mich nicht sonderlich beunruhigt, nur die Tatsache, dass rivalisierende Familien diese Gebiete kontrollieren.

Ich würde immer ihr Ziel sein, solange mein Vater Don ist.

Das war er nicht immer, er war jahrelang der zweite Mann im Kommando, der Unterboss von Angelo DeLuca. Ich kann mich nicht erinnern, dass Angelo und Papa nicht befreundet waren.

Als Angelo starb, übernahm Papa das Familienunternehmen mit Stolz und Bewunderung.

Als Unterboss war er für mich ein Bastard. Ich erschaudere bei der Erinnerung an die Ohrfeigen, die er mir verpasst hat. Papa war nie sanftmütig, aber er hat mich auch oft in Ruhe gelassen.

Jetzt, wo er Don DeLuca ist, wuchs die Dunkelheit in seinem Herzen.

Er will das alle ihn fürchten.

Der gut aussehende Fremde mit dem dunklen und geheimnisvollen Blick schlendert auf mich zu. Er tut nicht so, als würde er tanzen. Überraschenderweise stößt er mich auch nicht an und reibt sich nicht an mir.

Es hätte mir nichts ausgemacht, wenn ich vorher ein paar Drinks intus gehabt hätte.

Sein Name ist Daniel. Er rollt mir ganz einfach von der Zunge. Er sieht zwar nicht wie ein Daniel aus, aber was weiß ich schon?

Er flirtet mit mir und ich schlucke schließlich den Köder. Die Wahrheit ist, dass ich eine

Mitfahrgelegenheit aus der Stadt benötige, und wenn das bedeutet, dass ich seine Autoschlüssel oder seine Brieftasche stehlen muss, dann soll es so sein.

Ich trinke etwas mit ihm, klaue seinen Whiskey und frage ihn, ob er von hier verschwinden will.

Ich kann nicht nach Hause zurückkehren, selbst wenn ich wollte. Ein Teil von mir möchte ihn zu Papa zerren und meinen Vater demütigen.

„Sie räuchern meine Wohnung aus", ich lüge einfach. Ich kann ihn nicht wissen lassen, dass ich die Tochter von Don DeLuca bin. Ich weiß nicht, wer für meinen Papa arbeitet und wen er hintergangen hat. Er hat sich genug Feinde gemacht, das ist kein Geheimnis. Die DeLucas machen sich nicht einfach Freunde.

„Komisch, genau das passiert jetzt mit meinem Haus", sagt Daniel.

Ich lächle und schüttle den Kopf. „Du bist etwas anderes." Ich stupse ihn an der Brust. Ich weiß nicht, warum und was mich überkommt, ich habe aber das dringende Bedürfnis, etwas anderes zu fühlen als Wut und Ärger.

Ich hasse meinen Papa.

Ich packe Daniel an der Krawatte und ziehe ihn zu mir, um ihn zu küssen.

Ich überrumple ihn, die meisten Männer sind nicht an meine Kraft und Frechheit gewöhnt. Ich bin es gewohnt, dass andere Macht über mich ausüben. Es ist ein schönes Gefühl, einmal die Kontrolle zu haben.

Ich schwöre, ich höre ihn knurren.

Gott, ich möchte ihn verschlingen.

„Ich habe eine bessere Idee", flüstert Daniel mir ins Ohr und zieht mich auf seinen Schoß.

Ich trage ein kurzes schwarzes Kleid, das oberhalb des Knies endet. Die Spaghettiträger rutschen mir immer wieder über die Schultern, zum ersten Mal heute Abend mache ich mir nicht die Mühe, sie wieder hochzuziehen.

Ich spüre seine Hitze, die von unten drückt.

Meine Finger krallen sich in sein Haar, während unsere Lippen miteinander verschmelzen.

Er ist nicht der Einzige, der knurrt. Ich glaube, ich habe gerade ein Geräusch im Einklang gemacht.

Das sollten wir nicht.

Das können wir nicht.

Nicht in der Bar.

Nicht an einem öffentlichen Ort, an dem jeder sehen kann, was wir tun.

Gott, ich will ihn.

Er beißt mir auf die Unterlippe und ich stöhne.

Die Musik überdeckt meine Geräusche, aber ich bin mir sicher, dass Daniel jeden meiner Laute hören kann.

Er führt meine Beine auseinander und erkundet, was sich unter meinem Rock verbirgt. Er tastet über mein Höschen. Merkt er, dass sie wegen ihm durchnässt sind?

Seine Finger sind rau und schnell und schieben mein Höschen zur Seite. Ich bin mir nicht sicher, ob er den Seidenstoff zerrissen hat.

Seine Lippen bewegen sich zu meinem Ohr, sein Atem kitzelt und erregt mich. „Du bist feucht für mich, Kätzchen."

Die Art und Weise, wie er es sagt, lässt meinen Körper erschaudern.

Er kneift mir in die Klitoris und schickt eine Schockwelle durch mich hindurch, direkt in mein Inneres.

Ich habe Mühe, mich zu konzentrieren und meine Augen offenzuhalten. Meine Atmung hat sich vertieft. Jeder Atemzug kommt als Keuchen heraus.

Er bedeckt meinen Mund, heiß und rau, und bewegt meine Hüften leicht, gerade genug, um mich von ihm zu heben, während er seinen Schwanz aus der Hose führt.

Und dann dringt er mit aller Kraft in mich ein.

Ich stöhne und bin mir sicher, dass die ganze Bar das hören kann und jeder weiß, was wir tun.

Daniel bedeckt meinen Mund. Seine Zunge erforscht meine Lippen, während er seine Hüften schwingt und seine Hände auf meinen ruhen.

Wir bewegen uns gemeinsam im Gleichschritt. Seine Stöße sind tief und stark.

Plötzlich hebt er meine Hüften an und dreht mich herum, sodass ich auf seinem Schoß sitze. Er dringt wieder in mich ein, und mein Inneres pulsiert, weil ich mich ihm nähere und er sich für einen Moment zurückzieht.

Ich öffne den Mund, um ihn zu fragen, was er macht, aber er ist schon wieder in meiner Wärme und Nässe vergraben.

Seine Bewegungen werden schneller und stärker, während er in mich stößt und ich mich an ihn klammere.

„Noch nicht", befiehlt er.

Ich keuche und fühle mich am Rande des Vergessens.

Das Gefühl baut sich in mir auf. Mein Herz klopft gegen meinen Brustkorb und mein Atem kommt in Strömen, während ich schweißgebadet bin.

Ich zittere und presse mich an sein Glied. Er packt mein Kinn und reißt meinen Kopf zur Seite, sodass ich ihn anschauen muss.

„Habe ich dir gesagt, dass du kommen kannst?", fragt er. Sein Ton ist rau.

Ich zucke bei seinen Worten zusammen. Ich warte darauf, dass er mich schlägt, aber er tut es nicht.

„Das bin ich noch nicht." Ich zappele am Rande.

„Fuck", sagt er.

Noch ein paar Stöße, und er schwillt in mir an, kurz vor dem Höhepunkt.

„Komm für mich, Kätzchen."

Ich tue, was er mir befiehlt und drücke ihn fest an mich, während ich auf seinem Schoß zittere. Ich beiße mir auf die Unterlippe und zerquetsche sie zwischen den Zähnen, um mein Stöhnen zu unterdrücken.

Daniel hebt mich von seinem Schoß und setzt mich wieder auf die Bank neben sich. Er zieht seine Hose wieder an und macht den Reißverschluss zu. Seine Augen leuchten, als er aus der Kabine klettert, die wir uns geteilt haben.

„Warte", sage ich und packe ihn an seiner Krawatte. Ich ziehe ihn für einen letzten Kuss fest an mich.

Aber das ist nicht alles, worauf ich aus bin. Ich benötige seine Schlüssel oder seine Brieftasche. Was auch immer ich zuerst in die Finger bekomme, ohne dass er es merkt.

Mit einer Hand halte ich seine Krawatte fest und versuche, ihn zu bestehlen, ohne dass er Verdacht schöpft.

Ich schiebe seine Schlüssel hinter meinen Rücken und passe auf, dass sie nicht klimpern.

„Schönen Abend noch", sage ich mit einem verschämten Lächeln.

Er schlendert durch den Raum zur Bar, an der sein Freund sitzt. Er setzt sich, und ich schlüpfe aus der Kabine und verschwinde durch die Vordertür, bevor Daniel merkt, dass ich seine Schlüssel gestohlen habe und die Polizei rufen kann.

KAPITEL DREI

DANTE

„Bist du bereit, von hier zu verschwinden?", frage ich Moreno.

Er sieht gelangweilt aus und ich bin fertig, denn ich hatte meinen Spaß.

Mein Blick schweift durch die Bar, aber von Nicole ist nichts mehr zu sehen. Sie muss schon weg sein. Ich bin mir nicht sicher, warum mich das interessiert. Wenigstens tanzen keine anderen Männer mit ihr.

Ein seltsamer Anflug von Eifersucht durchzuckt mich wie ein Blitz.

Das sollte mich nicht kümmern. Ich mache ein Geste zu dem Barkeeper für einen weiteren Whiskey.

„Ich fahre", sagt Moreno und hält mir seine Hand hin.

Er wartet darauf, dass ich meine Schlüssel in seine Handfläche lege.

„Na gut." Ich bin nicht in der Stimmung, mich mit ihm zu streiten und, ehrlich gesagt, etwas mehr als beschwipst. Ich muss mich nicht hinters Steuer setzen und meinen Truck zu Schrott fahren. Außerdem ist das der Grund, warum ich gute Männer wie Moreno dabei habe.

Gelegentlich habe ich einen Chauffeure. Aber ich fahre gerne selbst, setze mich hinter das Steuer und habe die volle Kontrolle. Es hat schon etwas für sich, ganz allein abseits der Straße, durch felsiges Gelände und gefährliche Täler zu fahren.

Ich schlucke das letzte Glas Whiskey hinunter, das mir der Barkeeper bringt.

Sie ist süß.

Jung. Kaum einundzwanzig.

Verdammt, Nicole sah kaum alt genug aus, um in der Bar zu sein.

Seit wann bin ich hinter Ärschen her, die fast halb so alt sind wie ich?

Scheiße.

Wann bin ich so verdammt alt geworden?

Ich stehe auf und setze meine Füße fest auf den Boden. Ich möchte nicht zeigen, dass ich beschwipst bin, auch nicht vor Moreno. Der Mann würde mir das niemals durchgehen lassen.

Ich stecke meine Hand in die Hosentasche, um meine Schlüssel zu suchen.

Nein, nicht da.

Ich überprüfe meine andere Tasche. Mein Portemonnaie ist da, aber keine Autoschlüssel.

Ich atme schwer durch die Nase aus und gehe zurück zu der Kabine, in der ich vorhin mit der schwarzhaarigen gesessen habe.

Keine Spur von meinen Schlüsseln weder auf dem Stuhl noch unter dem Tisch.

„Suchst du etwas, Chef?", fragt Moreno. Er steht hinter mir und grinst.

Soll das ein Scherz sein? „Habe ich dir meine Schlüssel schon gegeben?"

Ich schwöre, so betrunken bin ich nicht. Nur ein wenig beschwipst. Aber verdammt, der Raum dreht sich wie ein Fahrgeschäft, wenn ich mich bücke.

Moreno lächelt nicht und macht keine Witze. Er sieht nicht amüsiert aus.

„Das Mädchen, sie hat sie dir gestohlen."

„Nicole?" Ich fahre mir mit der Hand durch mein kurzes dunkles Haar.

Nein, sie würde mich nicht beklauen. Jeder, der halbwegs bei Verstand ist, weiß, dass man sich nicht mit der Familie Ricci anlegen sollte.

Aber sie wusste nicht, dass ich Don Ricci bin, der Boss der Ricci-Familie.

„Dante, wie wär's, wenn ich anrufe und einen der Jungs bitte, uns ein Auto zu bringen?" schlägt Moreno vor.

Ich winke ab, damit er tut, was er tun muss, während ich zur Tür gehe. Als ich nach draußen trete, hat sich die Nachttemperatur schon ziemlich abgekühlt. Es ist Sommer, heiß und drückend, aber die Kühle in der Luft lässt mich die kühleren Tage herbeisehnen, die schon bald kommen werden.

Das ist einer der Vorteile, wenn man in den Bergen wohnt: Die Nächte sind recht angenehm.

Ich sehe meinen Truck nicht draußen stehen, es war nicht anzunehmen, dass sie ihn da gelassen hat. Wenn es Nicole war die meine Schlüssel gestohlen hat, dann hat sie auch meinen Wagen gestohlen.

Überraschenderweise ließ sie meine Brieftasche in Ruhe.

War es ein Spiel für sie?

Wusste sie, wer ich war, als wir uns trafen und spielte mit mir?

———

Ich stehe früh auf, weil ich so schlecht geschlafen habe.

Moreno wusste, dass er kein Wort über den Truck verlieren durfte, während Sawyer uns abholte und zurück zum Haus fuhr.

Ich wälzte mich hin und her, weil ich wegen dieser dunkelhaarigen Schönheit, Nicole, nicht richtig schlafen konnte.

Letzte Nacht konnte ich an nichts anderes denken als an sie.

Auch jetzt kann ich auch nur an sie denken.

Ich muss arbeiten, und so vielversprechend es klingt, ihren Vater zu zerstören und sie mir anzueignen, ich habe noch etwas zu erledigen.

Ich stolpere ins Badezimmer, schalte die Beleuchtung ein und stelle die Dusche an.

Unten gibt es einen Aufruhr - mehr als sonst.

Ich ignoriere es, was auch immer es ist kann warten, während ich mich für meine Besprechungen am späten Nachmittag zurecht mache.

Das Geschäft wartet nicht, auch nicht auf mich als Chef.

So früh am Morgen kümmere ich mich noch nicht ums Geschäft.

Könnte es Nicole sein? Würde sie kommen, um meinen Truck zurückzubringen?

Ich schalte im Bad die Dusche aus. Ich sollte nicht an sie denken, aber ich kann die Erinnerungen nicht aufhalten, die durch meinen Kopf gehen und meine Sinne erfüllen.

Mein Schwanz wird hart, wenn ich daran denke, wie sie sich zusammengekauert und in meiner Umarmung gezittert hat.

Sie sollte nicht diese Wirkung auf mich haben. Ich habe schon mit vielen Frauen geschlafen. Ich bekomme jede Frau die ich will, aber Nicole hat etwas an sich, das mich zu einem weiteren Spiel mit ihr veranlasst.

Ich trockne mich ab und fahre mir mit dem Handtuch durch die Haare, um die letzten Wassertropfen zu entfernen, als es an meiner Schlafzimmertür klopft.

Könnte sie es sein?

„Boss", sagt Moreno und räuspert sich. „Sheriff Nelson ist hier, er möchte dich sprechen."

Ich wickle mir mein Handtuch um die Taille und öffne die Schlafzimmertür, um mit Moreno unter vier Augen zu sprechen.

Was will der Sheriff von mir? Seit Enzo hingerichtet wurde, haben wir darauf geachtet, dass unsere Geschäfte nicht auffliegen.

Ich habe ihn getötet.

Ich musste es tun, er hat die Familie in den Ruin getrieben und den Namen Ricci ruiniert. Bei seinen Verwicklungen in den Menschenhandel kommt mir immer noch die Galle hoch.

Ich bin ein Mann mit vielen Begabungen und Geschäftsbeziehungen. Ich habe mit Drogen und illegalen Waffen gehandelt, aber so ein unmenschliches Verhalten wie den Verkauf von Frauen und Kindern werde ich nicht dulden.

Das ist auch der Grund, warum ich vorhabe, die DeLuca-Familie zu zerstören. Diese Familie ist der Grund, warum ich gezwungen war, Enzo zu töten.

„Hast du eine Ahnung, was er will?", frage ich. Ich mache eine Geste, damit er die Schlafzimmertür schließt.

Er zieht die Tür hinter sich zu.

Ich hole mir meine Sachen aus der Kommode und dem Schrank und bringe sie ins Bad. Ich lasse die Tür offen, damit wir unter vier Augen sprechen können.

Ich möchte wissen, ob sein Besuch mit Enzos Verschwinden zu tun hat. Wir haben dafür gesorgt, dass keine Leiche gefunden wird, aber das heißt nicht, dass die Bundespolizei und die örtliche Polizei nicht nach Spuren suchen wird.

„Es geht um deinen Truck", sagt Moreno.

Ich kann ihn nicht sehen, während ich mich anziehe, aber ich spüre die Sorge, die von ihm ausgeht und auf mich übergeht.

„Dann werden wir uns darum kümmern", sage ich.

Wir können mit jedem Drama umgehen, was Nicole uns vor die Tür setzt.

Ich schließe meine Hose und knöpfe mein Hemd zu, damit ich angemessen wie ein Chef aussehe. Ich kann nicht zulassen, dass der örtliche Sheriff auf mich herabschaut.

Ich habe einen Ruf zu wahren.

Und den werde ich aufrechterhalten.

„Bringen wir es hinter uns", sage ich und gebe Moreno mit einer Geste das Zeichen, die Schlafzimmertür zu öffnen und als Erster hinauszugehen.

Er führt mich die Treppe hinunter in das Wohnzimmer, wo unser Gast schon wartet.

Sheriff Nelson sitzt nicht, er steht und hat eine Hand an seiner Waffe. Er scheint besorgt, obwohl ich mir nicht sicher bin, warum.

Wir haben unsere Geschäfte geheim gehalten und unser Bestes getan, um keine unerwünschte Aufmerksamkeit der Behörden zu erregen.

Ich will nicht, dass meine Männer ins Gefängnis kommen. Das würde sich für mich nicht gut anfühlen.

„Mr. Ricci", sagt Sheriff Nelson.

„Dante", biete ich ihm an, und lasse es zu einem vertrauten und freundlichen Besuch werden, indem ich versuche, sein Verhalten zu ändern. Ich will ihm zu verstehen geben, dass wir Freunde sind, und dass er nichts zu befürchten hat, wenn er bei mir im Hause ist. Der beste Weg ist, ihm anzubieten mich mit meinem Vornamen anzusprechen .

„Dante", sagt Sheriff Nelson. Er nickt kurz. „Wir haben Überwachungsvideos, die zeigen, das du mit deinem Truck Benzin an einer Tankstelle stiehlst. Ich habe mit dem Besitzer gesprochen, und er weiß, dass du ein aufrechter Bürger in dieser Gemeinde bist. Deswegen hat er zugestimmt, keine Anzeige zu erstatten, wenn du hinfährst und für diesen kleinen Fehler bezahlst."

Moreno öffnet den Mund, um zu sprechen, aber ich werfe ihm einen Blick zu. Er hat nicht vor, mich zu unterbrechen.

Keiner unterbricht mich.

Er senkt seine Stimme. „Ich habe das Filmmaterial gesehen und weiß, dass du es nicht warst. Wenn du mir den Namen des Mädchens sagen willst, das es getan hat, kann ich sie gerne verhaften und einbuchten."

„Das ist nicht nötig", sage ich.

Warum decke ich Nicole DeLuca?

Ich könnte sie ins Gefängnis werfen lassen.

Ich sollte dafür sorgen, dass sie für ihre Taten zur Rechenschaft gezogen wird, vor allem, nachdem sie meinen Truck gestohlen hat, aber wir Riccis regeln es nicht so, dass wir sie den Behörden übergeben.

Nein, wir nehmen die Angelegenheit in unsere eigenen Hände.

Sie wird für ihr Vergehen bezahlen, aber nicht durch die Hand des örtlichen Sheriffs. „Ich versichere Ihnen, Sheriff, ich werde mich sofort um die Sache kümmern."

Ich schnappe mir meine Brieftasche und einen weiteren Satz Autoschlüssel. Sie hat meinen Truck gestohlen, aber wenigstens hat sie den Maserati nicht gestohlen.

„Du verstehst sicher, dass ich dir zur Tankstelle folgen muss", sagt Sheriff Nelson.

„Natürlich habe ich nichts anderes von dir erwartet."

———

Ich bin wütend, als ich zum Gelände zurückkehre.

Ich kann nicht glauben, dass Nicole nicht nur meinen Truck gestohlen hat, sondern bei ihrer kleinen Spritztour auch noch darauf verzichtet hat, das Benzin zu bezahlen.

Wollte sie verhaftet werden?

Vielleicht hätte ich den Behörden sagen sollen, wer meinen Truck gestohlen hat, aber es ist ja nicht so, dass ich es mir nicht leisten können.

Das Gleiche könnte man von ihr behaupten. Sie ist die Tochter von Gino DeLuca.

Das Mädchen ist locker eine Million wert, vielleicht sogar zwei. Wenn ihr Vater stirbt, wird sie sein Imperium erben.

Ein weiterer Grund, warum ich Gino vernichten und ein Auge auf Nicole haben muss. Ich werde nicht zulassen, dass sie der nächste Don wird.

Auf gar keinen Fall.

„Alles erledigt, Boss?", fragt Moreno, als ich ins Haus stürme.

„Ich will, dass das DeLuca-Grundstück überwacht wird. Ich muss wissen, was in dem Haus mit Nicole passiert."

Moreno wirft einen Blick auf seinen Cousin Halsey, einen Capo. Er ist noch relativ neu in der Branche und er ist jung.

Dass DeLuca ihn nicht erkannt hat, liegt daran, dass er noch neu im Geschäft ist.

„Ich habe Verbindungen vor Ort", sagt Halsey. „Wir können seine Internetverbindung unterbrechen und er wäre gezwungen, die Kabelfirma anzurufen."

„Tu es." Ich winke mit der Hand, um ihm zu signalisieren, dass ergehen kann.

Ich deute auf den leeren Flur, den Halsey gerade verlassen hat. „Meinst du, er schafft das?", frage ich.

Ich vertraue Moreno. Er hat Halsey empfohlen, die Soldaten zu führen und Befehle zu erteilen. Ich bin mir nicht sicher, ob er das Zeug zum Capo hat, aber das ist eine hervorragende Gelegenheit es herauszufinden, und wir müssen den Zeitpunkt nutzen.

Wenn er es vermasselt, muss ich ihn nicht umbringen. DeLuca wird es für mich tun.

KAPITEL VIER

NICOLE

Ich lasse den Truck am Straßenrand stehen, nicht weit vom Haus entfernt. Den Truck nach Hause zu bringen, könnte Papa nur zornig machen und er würde mich fragen, wo ich gewesen bin und was ich getan habe.

Der verdammte Tank war fast leer, also habe ich ihn an der nächsten Tankstelle vollgetankt.

Ich wollte fliehen, aber ohne einen Platz zum Schlafen kam ich nicht weit.

Ich hatte keine Kreditkarte und kein Bargeld um an der Tankstelle zu bezahlen, auch wenn ich meine Karte dabei gehabt hätte, könnte Papa sie leicht zurückverfolgen.

. . .

Ich wollte nicht auf dem Rücksitz des Trucks schlafen.

Home sweet home, mein Gefängnis.

Aber ich kann kommen und gehen, wie ich will. Obwohl Papa darauf besteht, dass ich eine Wache mitnehme, schien es ihn nicht zu stören, dass ich letzte Nacht weggelaufen bin.

Ich schleiche mich weit nach Mitternacht auf das Gelände.

Papa schläft und die Wächter sind nicht sonderlich überrascht mich zu sehen.

Ich schleiche ins Haus, und die Tür knarrt hinter mir.

Er hat nicht auf mich gewartet, hat er überhaupt gemerkt, dass ich abgehauen bin?

Ich war nicht gerade leise, und Papa hat sich immer mehr darauf konzentriert, Don zu sein. Das ist wohl das Einzige, was für ihn zählt, und ich komme ihm dabei in die Quere.

Ich steige die Treppe hinauf und schleiche auf Zehenspitzen in mein Schlafzimmer. Ich fühle mich wieder wie ein Teenager, der sich nach der Sperrstunde hinaus- und wieder hineinschleicht.

———

Ich möchte Papa, so gut ich kann meiden.

Er hat eine höllische Laune und schreit seine Männer und Kollegen an.

Ich kann ihn von meinem Schlafzimmer aus hören, obwohl die Tür geschlossen ist.

Mein Magen knurrt, aber ich will mich seinem Zorn nicht stellen, wenn er so schrecklich drauf ist. Ich hatte ganz vergessen, wie es ist, wenn die schwere Last der Angst nicht auf meine Brust drückt.

Das Beste für mich war auf das College zu gehen.

Nach Hause zurückzukehren, war für mich wie in eine private Hölle.

Warum habe ich das eigentlich getan?

Ach ja, richtig! Ich hatte außer Papas Geld nichts mehr. Jeden Cent, den ich während meines Studiums verdient hatte, habe ich für meine Unterkunft, Essen und Fahrtkosten ausgegeben. Ich bin auf die Northwestern gegangen, keine billige Schule, Papa hat die Studiengebühren ohne mit der Wimper zu zucken bezahlt.

Ich sitze auf der Kante meines Bettes. Ich sollte nicht immer an den Mann aus der Bar von letzter Nacht denken,.

Ich habe seinen Truck gestohlen.

Das geschah aus der Not heraus, nicht aus Lust. Und wenn ich ihn jemals wiedersehe, würde er mich wahrscheinlich hassen.

Aber das ist egal. Ich habe nicht vor, lange in Breckenridge zu bleiben. Ich habe zwei Möglichkeiten: einen Weg finden, Papa Geld abzuknöpfen, oder mir einen Job suchen.

Ersteres wird schwieriger sein, aber in seinem Büro musste doch Geld herumliegen.

Ich öffne die Schlafzimmertür. Die Scharniere knarren und ich stehe da wie ein Reh im Scheinwerferlicht und warte darauf, ob ich Papas nächstes Opfer werde.

„Was meinst du damit, dass sein Truck direkt vor unserem Tor steht?" Papa schreit Marco vom Flur aus an.

Marco ist ein paar Jahre älter als ich, aber er sieht gut aus für sein Alter . Er ist groß und unergründlich und hat üppiges, tiefschwarzes Haar.

Manchmal möchte ich mit meinen Fingern durch seine Haare fahren, aber ich habe nicht den Eindruck, dass er sich für mich interessiert.

Liegt es daran, dass Papa sein Chef ist?

Es ist ein Spiel, die Grenze zu überschreiten,was erlaubt ist und was nicht

Ich hatte ihn hinten in der Garderobe geküsst und in der Küche einen geblasen, bevor alle wach waren.

Das war, als ich noch in der Highschool war und er mich auf die Knie zwang und von mir verlangte, zu tun, was er sagt.

Bei der Erinnerung daran dreht sich mir der Magen um.

Ich war vier Jahre weg vom Gelände, und ich bin ein anderes Mädchen geworden. Ich bin nicht mehr Nicole. Ich bin Nikki.

Nicole hätte den Truck nie gestohlen.

Vielleicht waren vier Jahre nicht lang genug, um meine Identität loszuwerden. Ich bin nicht anders als die Männer da unten. Stehlen. Diebstahl.

Obwohl, ich noch niemanden ermordet habe.

Das kann ich von Marco nicht behaupten, und ich weiß, dass Papa zu seiner Zeit viele Männer getötet hat. Ich habe die brutalen Gräueltaten im Kerker miterlebt, wo ich nicht hingehörte.

„Und bring das verdammte Internet zum Laufen!", schreit Papa.

„Ich habe schon die Kabelfirma angerufen. Sie schicken heute früh jemanden raus", sagt Marco.

Seit wann ist er zum Laufburschen befördert worden?

Ich schleiche mich an dem Geschrei vorbei und eile mit leichten, unsichtbaren Schritten in die Küche.

Mein Magen knurrt und ich denke, er könnte meine Position verraten, aber niemand scheint es zu bemerken oder sich darum zu kümmern.

———

Nach dem Frühstück packe ich eine Tasche und schnappe mir meinen Rucksack, den ich mir über die Schulter werfe. Ich nehme ihn mit in Papas Büro.

Papa führt immer noch ein hitziges Gespräch mit Marco, und diesmal hat sich auch Vance, sein Stellvertreter, in die Diskussion eingeschaltet.

Ich höre nur Bruchstücke, während ich vorbeigehe. „Krieg... Revier... Ricci."

Manche Dinge ändern sich nie. Die Familien DeLuca und Ricci waren schon immer im Krieg miteinander, solange ich denken kann.

Es spielt keine Rolle, in welcher Stadt oder in welchem Jahr. Der Krieg geht weiter.

Ich schleiche mich an Papas Büro und schlüpfe hinein, als ich einen Jungen sehe, der nicht einmal alt genug aussieht, um zu trinken, der auf einem Trittschemel steht und an der heruntergelassenen Decke herumspielt.

Er räuspert sich. „Ich bin gleich fertig, Ma'am.“

Mein Blick schweift über seine Kleidung. Auf seinem Hemd steht die Kabelfirma, für die er arbeitet, und er scheint merklich nervös zu sein.

„Der Router scheint einen Kurzschluss zu haben. Ich habe ihn durch unser neuestes Modell ersetzt, das eine bessere Reichweite hat als das Vorgängermodell, und ihn durch die Decke verkabelt, um-“

„Wie auch immer“, sage ich und unterbreche ihn.

Es ist mir scheißegal. Ich will, dass er aus Papas Büro verschwindet, damit ich herumschnüffeln und sein verstecktes Geld finden kann.

Er lächelt höflich, klettert von dem Tritthocker herunter, klappt ihn zusammen und lehnt ihn an die Wand, bevor er das Büro verlässt.

Na, das ging aber schnell.

Ich warte, um sicherzugehen, dass er nicht zurückkommt und eile dann zum Schreibtisch. Ich durchsuche die Schubladen, aber da sind nur Papiere und gekritzelte Notizen. Nichts Wertvolles.

Ich gehe zum Aktenschrank und reiße eine Schublade auf, dann die Zweite.

Jackpot!

In einer Manila-Mappe befinden sich mehrere tausend Dollar. Das Geld ist frisch und so eingewickelt, als ob es von der Bank abgeholt worden wäre. Ich lege mehrere Bündel Bargeld in meine Tasche und verschließe sie.

Ich schließe die Schublade eilig, als die Bürotür aufschwingt.

„Nicole?" Papas Stirn ist gerunzelt. Er deutet mit einer Geste auf den Stuhl und ignoriert die Tasche über meiner Schulter oder nimmt sie gar nicht wahr.

Wie ich Papa kenne, ignoriert er es wahrscheinlich. Er hat ein Händchen für Details.

„Sitz." Ein Befehl, der ihm leicht von der Zunge geht. Er deutet auf den leeren Platz gegenüber seinem Schreibtisch.

Ich weiß, dass ich nicht weglaufen kann.

Er hat zu viele Männer, die mich aufhalten können.

Hoffentlich wird er nicht fragen, was in meinem Rucksack ist. Er besteht hauptsächlich aus Kleidung, ein paar Grundnahrungsmitteln, den Truck-Schlüsseln und jetzt auch noch ein paar Tausend in bar.

KAPITEL FÜNF

DANTE

„Wir haben das Mikrofon aufgebaut und in Betrieb genommen. Ich konnte die Kamera nicht fertig stellen", sagt Halsey am Telefon. „Ein junges Mädchen kam herein und hätte fast die ganze Operation ruiniert."

Er hat gerade ihr Gelände verlassen.

„Noch eine Sache, Boss. Gino und seine Männer haben sich über deinen Truck gestritten. Ich bin auf meinem Weg hierher daran vorbeigekommen."

„Mein Truck?" Ich versuche, nicht zu überrascht zu klingen. „Wo zum Teufel ist er?"

So viel dazu. Ich kann die Wut nicht unterdrücken, die aus mir herauskommt wie ein Löwe im Käfig, der bereit ist, sich zu befreien.

Halsey hält einen Moment inne, bevor er meine Frage beantwortet. „Du hast ihn direkt am Tor geparkt, etwa zwei Kilometer südlich."

„Natürlich habe ich das", murmle ich. Was zum Teufel hat sich Nicole dabei gedacht?

Wollte sie mich umbringen lassen? Dachten die DeLucas, ich würde ihr Grundstück ausspähen?

Halsey hat Glück, dass er nicht tot ist.

Ich lege das Gespräch mit dem jungen Capo auf und signalisiere Moreno, dass er sich verdammt noch mal beeilen soll. Ich bin nicht sehr geduldig und warte nicht gerne.

Moreno ruft die Audioüberwachung auf. Ich erwarte nicht viel, aber wir hören es uns an.

„Ich habe genug von deinen egoistischen Spielchen und deiner Einstellung, Nicole. Du bist genau wie deine Mutter", sagt Gino. Sein Ton ist fest und voller Unzufriedenheit.

„Sind wir fertig?", fragt Nicole.

Ich lächle, als ich ihre Stimme höre.

Das sollte ich nicht. Ich sollte wütend auf sie sein, weil sie mich bestohlen hat, aber damit muss ich mich an einem anderen Tag beschäftigen.

„Wohl kaum. Ich habe das mit der Heiratsvereinbarung ernst gemeint. Du hast keine Wahl, Nicole. Du bist meine Tochter, und ich werde dich mit dem Mann verheiraten, den ich für akzeptabel halte."

„Ich bin kein Preis, den man auf dem Jahrmarkt gewinnen kann", sagt Nicole. „Ich gehe jetzt und du kannst mich nicht aufhalten."

Stille füllt die Leere.

Ich werfe einen Blick auf Moreno. „Ich wünschte wirklich, wir hätten ein Video."

Wahrscheinlich ist es der egoistische Teil von mir, der Nicole wiedersehen möchte. Aber ich kann sie immer noch vor mir sehen und spüren, wie sie sich eng an meinen Schwanz schmiegt.

Sie war eng, jungfräulich eng, mit diesem winzigen Loch, das ich gefickt habe.

Gott, ich will sie.

Innerlich stöhne ich auf und flüchte in mein Büro. Ich benötige ein paar Minuten, Stille, einen Moment für mich.

Ich habe immer noch mein Handy in der Hand und Moreno hat, das Programm installiert, damit ich Gino immer hören kann, wenn er in seinem Büro ist.

Ich lasse es an und warte, ob Nicole zurückkommt, um ihm das letzte Wort zu geben.

Sie scheint der Typ dafür zu sein.

„Mach die Tür zu", sagt Gino.

Ich weiß nicht, mit wem er spricht, aber die Autorität in seiner Stimme ist gebieterisch.

„Meine Tochter ist ein Problem, das gelöst werden muss."

Das weckt meine Neugierde und mein Interesse.

Sie ist ein Problem. Mein Problem.

Ich weiß nicht, was Ginos Problem mit Nicole ist. Auch wenn ich es nicht gut finde, wenn sich jemand den Ehepartner eines anderen aussucht, verstehe ich die Idee. In unserer Familie gibt es schon seit Jahrhunderten arrangierte Ehen, so machen wir das.

Die Ehe meines Vaters war ein Arrangement zwischen den Familien. Sie schienen beide glücklich zu sein, meistens.

„Ja, Chef", sagt eine männliche Stimme. Sie ist rau und stark, keineswegs jung. Er spricht mit einer Autorität, als würde er sich mit Gino wohlfühlen.

Ich weiß, dass es nicht Vance ist, Ginos Stellvertreter. Ich würde seine Stimme mit geschlossenen Augen erkennen.

„Nicole wird abhauen. Das Kind ist wütend auf mich, und ich werde sie nicht aufhalten. Sie hat mir mehrere tausend Dollar gestohlen. Ich will, dass sie von unserer Operation gefangen genommen wird. Unsere Männer dürfen nicht wissen, dass sie meine Tochter ist."

„Aber, Sir—"

„Nein!" Ginos Stimme brüllt. „Das ist nur zu ihrem Besten. Sie muss erfahren, wie es ist, an ein Monster verkauft zu werden."

Mein Blut kocht. Der Raum ist heiß wie eine Sauna und der Schweiß tropft mir von der Stirn. Ich wische ihn weg.

Ich löse die obersten drei Knöpfe meines Hemdes und schlage mit der Faust gegen die Wand. Meine Knöchel brennen und meine Faust kribbelt, aber das hilft nicht, den Schmerz in meiner Brust zu lindern.

Gino ist das Monster, und Nicole weiß nicht, was auf sie zukommt.

KAPITEL SECHS

NICOLE

Ich werfe meinen Rucksack über die Schulter, schnüre mein Lieblingspaar himmelblauer Turnschuhe und gehe zur Haustür.

Papa schaut nicht einmal in meine Richtung.

Es ist ihm egal, wohin ich gehe, ich bin nur ein Ärgernis für ihn.

Draußen blendet die Sonne und es ist warm. Ich schlendere an den Wachen vorbei zum Tor.

„Soll ich dich mitnehmen?", fragt mich einer der Wachleute.

„Nein, das ist schon in Ordnung. Ich werde laufen." Ich bin fest entschlossen, die Schlüssel für den Truck herauszuholen, sobald ich das Tor passiert habe und außer Sichtweite bin.

Das Tor öffnet sich mit einem schrillen Rattern, das es mir einen Schauer über den Rücken jagt. Ich ignoriere es.

Es stehen mehr Männer Wache als sonst.

Papa war heute Morgen wütend, machte er sich Sorgen, dass wir in einen neuen Revierkampf verwickelt sind? Ich habe ein paar Dinge gehört und bin kein Idiot.

Papa und die Riccis kommen nicht miteinander aus,das war auch noch nie anders.

Ich schlendere durch das offene Tor. Ich nicke den Wachen dankend zu und behalte die Kurve an der Hauptstraße im Auge. Dort habe ich den Truck geparkt.

Er war nicht außer Sichtweite. Es war schon spät, als ich nach Hause kam, aber ich bezweifle, dass sich jemand etwas dabei gedacht hat. Fahrzeuge haben ständig Pannen, und es war kurz vor der Privatstraße, die zum Haus führt.

Ich erreiche den Truck und lasse meine Tasche auf den Boden fallen. Ich brauche meine Schlüssel und ich habe sie nicht zur Hand.

Na ja, Daniels Schlüssel. Ich bücke mich und öffne den Reißverschluss des Rucksacks. Meine Finger wühlen durch den Inhalt, schieben zuerst die Geldbündel beiseite und fummeln dann an meinen Klamotten herum.

Ich hätte die Schlüssel in der Außentasche lassen sollen. Das wäre klüger gewesen, aber ich habe heute Morgen nicht nachgedacht.

Papa macht mich immer nervös.

Meine Hände zittern. Ich atme schwer aus und drehe mich um, als ich spüre, wie mir ein Sack über den Kopf gezogen und meine Hände hinter den Rücken geschoben werden.

Die Handschellen graben sich in mein Fleisch.

Er gibt sich nicht zu erkennen. Es ist kein Polizist.

„Wer sind Sie?" Meine Frage bleibt unbeantwortet.

Starke Arme heben mich hoch und der Motor eines anderen Fahrzeugs zischt und donnert.

„Lassen Sie mich los!" Ich zappele und schreie und versuche, mich zu wehren, aber meine Arme sind hinten gesichert und ohne Hilfe habe ich keine Chance.

„Weißt du, wer ich bin? Das kannst du nicht machen! Ich bin Nicole DeLuca. Mein Vater wird euch umbringen!" schreie ich die Männer an, die mich entführen.

Sie schieben mich auf die Ladefläche eines Fahrzeugs. Es ist niedriger als der Boden.

Ich bin nicht in dem Truck, den ich gestohlen hatte.

Wo wollen sie mich hinbringen?

Sie ignorieren mein Flehen, meine Schreie und meine Hilferufe.

Ist das, weil ich gestern Abend den Truck von diesem heißen Typen gestohlen habe? Will er mir eine Lektion erteilen?

Starke Arme kommen näher. Ich kann nur Licht und Schatten durch die geschwärzte Motorhaube sehen.

Die Hände heben die Haube um meinen Hals leicht an. Nehmen sie sie ab?

Stattdessen spüre ich das kalte Leder eines Halsbandes, und die Schnalle wird festgezogen - Metallzacken im Inneren graben sich in meinen Hals.

Ich zucke zusammen und stöhne vor Unbehagen.

„Halt die Klappe!", brüllt mich eine starke Stimme an.

Ein Stromstoß durchzuckt mich.

Ich zittere. Verkrampfe mich.

Ich bin mir nicht sicher, ob ich getasert wurde oder einen Stromschlag durch das Halsband bekommen habe. Gibt es da überhaupt einen Unterschied?

Der Strom hört auf, aber mein Körper brennt und schmerzt immer noch. Mein Nacken tut weh. Meine Kehle schmerzt im Mund, und ich wehre mich nicht.

.

Ich lasse den Kopf hängen. Ich bin ein Feigling und gebe den Männern nach. Was auch immer sie wollen, ich werde es ihnen geben.

Alles, um nie wieder das pulsierende Brennen in meinem Körper zu spüren.

KAPITEL SIEBEN

DANTE

„Du denkst doch nicht ernsthaft darüber nach, dich darauf einzulassen?" Moreno steht mit verschränkten Armen da.

Er sieht nicht im Geringsten amüsiert aus.

„So wie ich das sehe", sagt Moreno, „wird damit ein Problem gelöst."

Ich schüttle den Kopf. „Nein." Ich mag ein Monster sein, aber ich habe ein Gewissen. Ich verkaufe weder Frauen noch Kinder. Seit einigen Monaten bin ich das Oberhaupt der Ricci-Familie und arbeite daran, die DeLucas zu vernichten.

Die einfachste Methode ist ihr Menschenhandel.

Meine Motive sind nicht ganz uneigennützig.

Ich will Gino vernichten.

Ich weiß nicht, was ich mit Nicole machen soll, wenn ich sie zu Gesicht bekomme. Ich weiß nicht, wie ich mit diesem Problem umgehen soll.

Ich bin gefühlsmäßig zu sehr involviert.

Moreno sieht das auch. Er kennt mich fast so gut, wie ich mich selbst.

Es wäre riskant, das Mädchen zu retten, das mich bestohlen hat - möglicherweise ein Selbstmordkommando.

„Ich habe Kontakte, aber vielleicht kannst du die Adresse der Auktion besser ausfindig machen", sagt Moreno.

Ich habe die Brücken hinter mir abgebrochen.

Ich kann nicht einfach einen alten Kollegen anrufen, einen Mitarbeiter, der jetzt für den Feind arbeitet. Er ist für mich genauso ein Polizist wie ein privater Sicherheitsdienst.

Ich schlucke die Galle herunter bei dem Gedanken, mich mit Jayden Scott zutreffen.

„Er arbeitet für Eagle Tactical", sage ich und meine Oberlippe verzieht sich vor Abscheu. Diese Männer haben Angelo DeLuca zur Strecke gebracht, als Angelo noch Don war.

In gewisser Weise haben sie mir damit einen Gefallen getan. Das führte auch zu meiner Entscheidung, Enzo hinzurichten. Entweder er oder ich.

Er hätte mir seine gesamte Schmuggelaktion angehängt.

Das konnte ich nicht zulassen. Deshalb war ich auch so vorsichtig.

Eagle Tactical war auch hinter Sergio, Angelos Capo, her. Soweit ich weiß, haben sie ihn getötet, oder die Mädchen, die er entführt hat. Ich war mir nicht sicher und es war mir auch egal.

Nur, dass Sergio nicht mehr der Gastgeber der Auktion war. Ich weiß nicht, von wo aus die Operation laufen wird.

Nur wann.

Es ist immer Mitternacht.

————

Ich sollte das nicht tun.

Aber was für eine Wahl habe ich?

Ich verlasse das Gelände und fahre in Richtung des Hauptquartiers von Eagle Tactical. Die Jungs werden nicht gerade erfreut sein, mich zu sehen.

Ich parke am Ende der Einfahrt und gehe auf das Gebäude zu. Ich ziehe mein Handy heraus und schreibe Jayden Scott eine SMS.

Du musst mir einen Gefallen tun.

Ich mag es nicht, ihn um einen Gefallen zu bitten, weil ich ihm dann etwas schulde. Aber er sollte begeistert sein, mir zu helfen. Diese Eagle Tactical Jungs sind praktisch wie die Pfadfinder mit ihrem Ehrenkodex.

Mein Telefon leuchtet auf und ich bekomme eine Antwort.

Verpiss dich!

Ich lächle und lache leise vor mich hin. Das kann ich nicht, oder besser gesagt, ich werde es nicht tun.

Komm raus und sag es mir ins Gesicht.

Ich stehe nicht direkt vor der Tür. Ich stehe an der Seite und habe die Arme vor der Brust verschränkt. Ich gehe das Risiko ein, dass er nicht mit einer geladenen Pistole hierher kommt und mich erschießt.

Wir sind in letzter Zeit nicht gerade gut miteinander ausgekommen. Enzo hat sich seine Verlobte geschnappt und sie an die DeLucas ausgeliefert.

Enzo hatte mich nicht vorgewarnt, und als ich ihm sagte, dass ich dagegen sei, meinte er, ich solle die Klappe halten.

Also tat ich das.

Ich wusste, woran ich war. Damals war ich nicht der Boss. Jetzt bin ich es.

Jetzt gebe ich die verdammten Befehle.

Die Haustür schwingt auf und Jayden tritt heraus. Seine Augen sind starr und seine Hände zu Fäusten geballt.

Zum Glück hat er keine Waffe in der Hand, und wenn er eine hat, ist sie versteckt.

Für mich ist das in Ordnung.

Ich gehe nirgendwo hin, ohne meine Waffe an meiner Hüfte und eine Ersatzwaffe an meinem Fußgelenk zu tragen.

Meine Versicherungspolice.

„Du hast vielleicht Nerven, hierherzukommen!" schreit Jayden mich an.

Ich rechne damit, wachsame Augen am Fenster zu sehen, aber es ist zu schwer zu sagen, ob uns jemand anstarrt oder nicht.

„Ich weiß, glaube mir du bist auch nicht der erste Anruf, den ich tätigen wollte." Das ist für uns beide nicht ideal.

Soweit es mich betrifft, haben wir ihn verraten und er hat uns verraten. Das sollte alles hinter uns liegen. Irgendwie glaube ich nicht, dass er das auch so sieht, so wie er Dampf ablässt.

Eigentlich bin ich mir nicht sicher, ob er uns verraten hat. Ich habe einen Verdacht, er hat mit Sicherheit eine Ratte in unser Haus gebracht. Das heißt, er ist entweder ein Arschloch oder ein Idiot.

Er stürzt sich auf mich, aber ich weiche dem ersten Schlag aus, packe seinen Arm und drücke ihn hinter ihm fest, während mein anderer Arm seinen Hals umschließt.

„Das reicht jetzt!"

Die Haustür schwingt auf, und Jaxson Monroe kommt in aller Eile auf mich zu. „Lass ihn los!"

Ich stoße Jayden zu Jaxson. „Ich bin nicht hier, um mich zu prügeln."

„Du hättest mich verarschen können", sagt Jaxson. Seine Augen zucken und seine Unterlippe ist fest und unnachgiebig. Tattoos bedecken seine Unterarme. Keine Überraschung für einen Mann, der beim Militär war. „Was willst du?", fragt er.

„Gino DeLuca, sagt dir der Name etwas?", frage ich.

Natürlich tut er das. Er wäre ein Idiot, wenn er den zweiten Namen des Mannes, den er ausgeschaltet hat, nicht kennen würde. Er hat mir einen Gefallen getan und den Kopf der Schlange abgeschlagen. Natürlich nur im übertragenen Sinne.

„Ich räume nicht mit deinem Mist auf. Was auch immer für eine Fehde zwischen den DeLucas und den Riccis läuft, wir halten uns da raus", sagt Jaxson. Er deutet Jayden an, ins Büro zu gehen.

Jaxson ist derjenige, der das Sagen hat.

Interessant.

Ich wusste, dass Jayden neu im Sicherheitsteam war. Er hatte für mich gearbeitet, bevor er sich mit seinen ehemaligen Militärkameraden eingelassen hat. Ich hätte ihm nie vertrauen dürfen, und hier bin ich wieder und machte den gleichen Fehler.

„DeLuca handelt immer noch mit Frauen. Möglicherweise auch mit Kindern." Ich habe keine

Beweise dafür, dass er mit Kindern handelt, aber ich weiß mit Sicherheit, dass seine Tochter in den Schlamassel verwickelt ist, und wenn ich an Jaxson herankomme, an sein Herz appelliere und mit seinen Gefühlen spiele, dann wird er mir vielleicht die Informationen geben, die ich benötige.

Jaxsons rechte Hand ballt sich zu einer festen Faust an seiner Seite. Mit der linken fährt er sich durch die Haare. Ich habe diesen Blick schon bei vielen Männern gesehen, sogar bei meinen Männern. Er ist unschlüssig.

„Was kümmert dich das? Seid ihr Mafiagangster nicht alle gleich?" Jaxson tritt näher heran.

Er hat keine Angst vor mir.

Aber er sollte sie haben.

„Ich bin kein Heiliger, aber ich finde, dass Frauen nicht zu sexueller Knechtschaft gezwungen werden sollten. Stimmst du mir da nicht zu?" frage ich.

Natürlich stimmt er mir zu. Er ist einer der guten Jungs. Zumindest tut er so, als wäre er einer. Wahrscheinlich hat er seine Dämonen, genau wie wir anderen auch.

Keiner ist wirklich ein Heiliger.

„Und?", frage ich und warte auf seine Antwort.

„Was willst du, Dante?" Jaxson verschränkt seine Arme abwehrend vor der Brust. Er ist nicht näher gekommen, aber er hat sich auch nicht umgedreht, um zurück ins Büro zu gehen und mir die Tür vor der Nase zuzuschlagen.

Bis jetzt würde ich das als einen Sieg betrachten.

„Ich weiß aus zuverlässiger Quelle, dass Jayden an einer dieser Soireen teilgenommen hat. Ich benötige den Ort."

Jaxson lacht leise vor sich hin. „Du bist wahnsinnig. Weißt du das?"

„Man hat es mir gesagt." Ich zucke mit den Schultern. Das macht die Information für mich nicht weniger interessant. „Und? Kannst du mir helfen oder nicht?"

Ich versuche es mit der Netter-Kerl-Methode - ich argumentiere mit einem intelligenten Mann, der etwas hat, was ich nicht habe: Ethik.

Es scheint zu funktionieren.

„Sergio war derjenige, der die letzte Auktion geleitet hat, aber er ist der Aufgabe nicht mehr gewachsen", sage ich.

Sergio ist tot.

Ich weiß aus zuverlässiger Quelle, dass die Jungs von Eagle Tactical sich um seinen Arsch gekümmert haben. Er war ein Drecksack, der Frauen zu unzähligen sexuellen Handlungen gezwungen hat.

Ich bin eine andere Art von Drecksack. Sergio und ich, wir sind nicht aus dem gleichen Holz geschnitzt.

„Hast du eine Adresse?", frage ich. Ich will nicht verzweifelt wirken, aber seien wir ehrlich, ich würde nicht zu diesen Typen kommen, wenn ich die Informationen hätte.

Können meine Männer sie beschaffen?

Ja, aber das würde Zeit brauchen.

Zeit ist etwas, wovon ich nicht viel habe, da Nicole in Schwierigkeiten steckt.

Warum denke ich an sie?

Sie ist eine Ablenkung. Und sie wird zu einem Problem.

Männer wie Jaxson und Jayden haben sich auf die Seite des Gesetzes geschlagen. Ich wette, dass sie auch ein paar Vorstrafen und Strafzettel gelöscht haben.

„Jayden scheint deine Nummer zu haben. Er wird dir eine SMS schicken, wenn wir etwas herausfinden", sagt Jaxson.

Gut. Ich versuche, nicht übermäßig aufgeregt zu wirken.

„Lass dich hier nie wieder blicken", sagt Jaxson, während er die Treppe zum Eingang des Gebäudes hinaufgeht. „Sonst jage ich dir eine Kugel in den Kopf, bevor du auch nur an die Haustür klopfen kannst."

KAPITEL ACHT

NICOLE

Das Gebäude ist stickig und die Luft ist abgestanden, sie zirkuliert nicht, es ist heiß wie in der Hölle.

Es ist dunkel und der Boden ist sogar warm, obwohl er aus Beton ist. Die Gitterstäbe, die uns einsperren, sind aus Eisen und verrostet.

Der Geruch brannte mir zuerst in der Nase, als ich ankam, aber jetzt habe ich mich daran gewöhnt. Wir bekommen einen Eimer, in den wir pissen können, und einmal am Tag kommt ein Wärter, um den Metalleimer zu holen und den Inhalt zu leeren.

Das einzige Essen, das wir bekommen, ist Brot und Wasser. Ich verschlinge jeden Bissen, bevor die

Wachen auf die Idee kommen, ihn mir wieder wegzunehmen.

Würden sie das tun? Sie scheinen sich nicht um uns zu kümmern. Sie können uns nicht einmal ansehen.

Ich bin schon seit drei Wochen hier.

Oder vielleicht sind es auch vier.

Es gibt kein Sonnenlicht. Wir werden in einer Art Keller festgehalten. Wir kamen alle mit Säcken auf dem Kopf und Halsbändern um den Hals.

Der Sack wurde uns abgenommen .

Das Halsband bleibt immer dran.

Ich darf nicht sprechen, wenn ich nicht angesprochen werde.

Das ist eine der Regeln. Es gibt noch Dutzende weitere, aber meistens hältst du deinen Kopf nach unten und tust, was man dir sagt.

Diamond hat eine lange Liste von ihnen, und wenn du ihr in die Quere kommst, ihr nicht gehorchst oder sie nur schief ansiehst, geht durch das Halsband um meinen Hals ein Stromstoß .

Es hat sich herausgestellt, dass die anderen Mädchen mit demselben Netzwerk verbunden sind.

Wenn eine von uns etwas tut, was Diamond oder die Männer, die uns entführt haben, verrät, leiden wir alle gemeinsam.

Heute ist es anders, und ich weiß nicht, warum, es macht mir Angst.

Die Mädchen wissen nicht, wer hinter ihrer Entführung steckt.

Sieben von ihnen kamen aus Mexiko und ihnen wurde die Überfahrt nach Amerika versprochen. Kojoten.

Vier Mädchen sind Ausreißerinnen. Sie sehen kaum aus, als wären sie in der Highschool,

sie sind kleine Kinder, und mir dreht sich der Magen um. Ich möchte kotzen, aber es kommt nicht hoch.

Die Mädchen klammern sich aneinander, als die Männer das Tor aufschließen und uns eine nach der anderen herausholen.

Wo bringen sie uns hin?

Was wollen sie mit uns?

Wir wissen, dass es besser ist, keine Fragen zu stellen. Fragen zu stellen, wird mit abscheulichen Schmerzen beantwortet, die uns wild auf dem Betonboden herumtrampeln lassen.

Die Halsbänder sind ein Todesurteil, oder bringt allein die Tatsache, dass wir hier sind, den Tod mit sich. Unseren Tod.

Ich möchte kämpfen.

Ich habe aber keine Kraft mehr in mir.

Den anderen Mädchen wird es genauso gehen, niedergeschlagen, zerstört und zerbrochen.

Ein Fuß setzt sich vor den anderen.

Es kommen noch mehr Männer mit Gewehren und wir werden aus der Gefängniszelle gezerrt und die Betontreppe hinaufgeführt.

Die Stufen sind abgeplatzt und kaputt, alt und abgenutzt.

Wo sind wir?

Wohin gehen wir?

Ich stehe in der Mitte der Schlange und die jüngeren Mädchen sind ganz hinten. Wenn wir die Jüngsten beschützen könnten, würden wir es tun, aber wir sind alle Gefangene.

Männer mit Gewehren stehen oben an der Treppe. Sie grinsen, was wissen sie, was wir nicht wissen?

Sie führen uns nach draußen. Das Sonnenlicht fühlt sich wunderbar und warm an. Ich möchte weglaufen, aber da sind ein Dutzend Wachen mit Gewehren.

Wir sind zahlenmäßig unterlegen.

In dem Moment, in dem sich die Tür hinter uns schließt, sind die Waffen auf uns gerichtet.

„Ausziehen!", befiehlt eine der Wachen.

Keiner zieht sich aus.

Das Halsband steht unter Strom, mit meinen Fingern umklammere ich meinen Hals. Ich kann es nicht abnehmen. Es ist ein Instinkt, aber er hilft nicht, den Schmerz zu lindern.

Ich liege auf dem Boden – Dreck ist an meinen nackten Füßen.

Ich zucke und zittere.

Der Schmerz ist mein einziger Freund.

Ich hasse dieses Leben.

Ein Schwall kaltes Wassers überflutet alle meine Sinne.

Ich schreie auf und merke, dass sich die Kälte gut anfühlt. Es dauert einen Moment, bis ich es begreife, was zum Teufel ist hier los.

„Ausziehen!", befiehlt die Wache erneut.

Neben mir schauen sich die Mädchen alle an und langsam, methodisch, ziehen wir uns aus.

So weit das Auge reicht, gibt es keine Häuser. Das Land ist flach, wir sind an einem unbekannten Ort in einem Tal.

Das heißt, wir sind nicht in Breckenridge. Zumindest glaube ich, dass wir das nicht sind, aber ich bin mir nicht sicher.

Das Wasser schlägt gegen meine nackte Haut.

Die Sonne ist heiß und brennend. Das Wasser fühlt sich gut an, sobald ich mich an die Tatsache gewöhnt habe, dass die Männer uns nackt anstarren.

Ich möchte sie anschreien, dass sie alle ein Haufen kranker Arschlöcher sind, aber ich weiß, wenn ich das tue, wird das Halsband meinen Hals verbrennen und nicht nur mich, sondern auch die anderen Mädchen verletzen.

Vier von ihnen sind noch Kinder. Ich schaue nicht in ihre Richtung, das kann ich nicht.

Das ist grausam.

Widerwärtig.

Ich möchte mich übergeben, aber ich zittere nur und schnappe nach Luft.

So schnell wie das Wasser auf uns trifft, ist es auch schon vorbei. Die Dusche ist vorbei, wenn man es so nennen kann.

Die Wachen führen uns zurück ins Haus. Ich werfe einen Blick über die Schulter auf die Außenwelt und die riesigen Metalltore, die das Grundstück umgeben.

Selbst wenn ich fliehen wollte, und nicht vorher erschossen werde, ist das Halsband immer noch an meinem Hals und der Zaun wäre eine Katastrophe.

„Bewegung!", brüllt der Wachmann, der uns besprüht hat.

Wir trampeln durch das Gebäude. Man gibt uns ein Handtuch, damit wir uns abtrocknen und unsere Füße reinigen können. Sie wollen nicht, dass Schlamm und Dreck durch das Haus getragen wird.

Ironisch.

Wir werden durch das Innere des Gebäudes in den ersten Stock geführt. Es ist alt und riecht immer noch muffig. Ich bin froh, dass sie uns nicht wieder in das Kellergefängnis zurückschicken.

Die Wände sind mit blauer und weißer Damasttapete tapeziert. Der Teppich ist plüschig, aber abgenutzt.

Er erinnert mich an ein Altersheim, abgenutzt und vergessen.

Wer wohnt hier?

„Aus dem Weg!", bellt einer der Wachleute. Er drückt mir den Lauf seiner Waffe an die Hand.

Ich zittere - mein Herz rast.

Er lacht, seine Augen glänzen vor Aufregung, und mir wird ganz flau im Magen.

Weiß er, wer ich bin?

Wurde ich deshalb entführt? Haben die Riccis mich entführt? Ich weiß nicht, wie Dante Ricci aussieht, aber ich vermute, dass er hinter meiner Entführung und Gefangenschaft steckt.

Wer sonst könnte so ein Monster sein?

Wenn sie Lösegeld verlangen, wird Papa sicher für meine Freiheit bezahlen. Oder etwa nicht?

Oder ist das eine Botschaft, um meinem Papa zu schaden?

Die Mädchen vor mir zittern und schlingen ihre Arme um sich. Die Luft ist immer noch abgestanden, aber im ersten Stock ist es seltsamerweise kühler.

Vielleicht liegt es an der Tatsache, dass wir alle durchnässt sind.

Die Handtücher wurden uns weggenommen.

Wir sind alle nackt und ihnen schutzlos ausgeliefert.

Die Deckenventilatoren sind aufgedreht, summen und peitschen umher. Es fühlt sich gut an auf meiner Haut.

„Mädels!" Diamonds Stimme durchdringt den Raum. „Hier entlang!" Sie führt die Parade an. Ich sehe sie jetzt, sie trägt ein rotes Glitzerkleid, das jeden Zentimeter ihres Körpers umspielt. Sie hat eine fantastische Figur.

Das macht mich fast neidisch.

Im Moment bin ich nur neidisch, dass sie die Kontrolle hat und uns befiehlt, zu gehorchen.

Diamond führt uns in einen kleinen Raum. Die Fenster sind offen, aber an der Innenseite sind Metallgitter angeschweißt. Es gibt kein Entrinnen.

Die Tür fällt hinter dem letzten Mädchen das eintritt zu.

Ein Schloss rastet ein.

Das gleiche Spiel, ein anderer Ort.

Wir sind ihre Gefangenen.

———

Meine Augen flattern wie im Nebel auf. Ich bin betäubt worden, und spüre immer noch die Auswirkungen der Injektion, die durch meinen Körper jagt.

Ich reibe meine Wirbelsäule an der Stelle, an der die Nadel meine Haut durchstochen hat. Das war, nachdem sie uns angezogen, frisiert und zu Spielzeugen gemacht haben.

Aber für wen?

Ich bin mit einem dünnen, blassrosa Negligé bekleidet und schlinge meine Arme instinktiv um mich. Die Kleidung ist durchsichtig und überlässt wenig der Fantasie.

Ich trage nichts darunter und setze mich auf.

Der Raum ist dunkel, bis auf die kleine Lampe über mir.

Ich bin zur Schau gestellt.

Aber für wen?

Durch meinen vernebelten Blick sehe ich ein anderes Mädchen, das von einem Mann im Anzug belästigt wird. Er zwingt sie, sich auf seinen Schoß zu setzen, und fährt mit den Fingern durch ihr hellrotes Haar.

Mein Magen flattert,und ich stehe auf. Ich kann das nicht länger mit ansehen, ohne etwas zu tun.

Kaum stehe ich, geben meine Beine unter mir nach. Der plüschige Samt der Kabine, in der ich sitze, federt meinen Sturz ab. Es ist nicht derselbe Ort, an dem ich mit einer Waffe bedroht wurde.

Meine Finger streifen über den Kragen, er ist noch da.

Warum habe ich gedacht, dass er weg sein würde?

Ich erschaudere, als ich wieder versuche aufstehen, fest entschlossen, die anderen Mädchen zu beschützen. Die Wahrheit ist, dass ich genau so viel Schutz und Rettung brauche. Wird Papa nicht kommen und mich retten?

Die Flecken vor meinen Augen verblassen, und ich ziehe meine Beine neben mir hoch.

Männer strömen in den abgedunkelten Raum. Es ist schwer, sie zu sehen, aber meine Augen gewöhnen sich an die Dunkelheit. Vielleicht lässt das Mittel, das sie mir gegeben haben, langsam nach.

Ich sehe ihn, bevor ich merke, dass ich wieder versuche, aufzustehen. Ich möchte ihn mit einer Geste zu mir holen, um mir zu helfen, mich zu retten und zu beschützen. Aber dann wird mir klar, dass er genau wie die anderen ist.

Die Scham überkommt mich und brennt in meinem Inneren. Daniel. Er arbeitet für die Familie Ricci. Das ist die einzige Vermutung, die ich anstellen kann, und deshalb bin ich hier als Gefangene.

Von meinem Platz aus beobachte ich die Konfrontation zwischen Daniel und seinen Männern. Ich kann die Worte nicht hören, die ausgetauscht werden, aber sie sehen hitzig aus. Außerdem haben sie eine Waffe auf ihn gerichtet.

Es scheint, dass er einige wichtige Leute verärgert hat.

Jetzt, wo ich weiß, dass er für ein Monster arbeitet, habe ich kein schlechtes Gewissen mehr, seinen Truck gestohlen zu haben: Dante Ricci.

Schreie und Stöße, hitzige Worte werden zwischen den Männern hin- und her geschleudert.

Daniel hat wirklich jemanden wütend gemacht. Ich seufze und versuche, den hitzigen Streit zu beobachten, als Rafael auf mich zukommt.

Ist er mein Retter in der Not?

„Rafael?" Er arbeitet für Papa. Er muss hier sein, um mich zu retten.

„Halte den Mund", befiehlt Rafael. „Dein Vater wird bald hier sein, und er ist schon enttäuscht von dir. Enttäusche ihn nicht noch mehr."

Was?

Er macht auf dem Absatz kehrt und schnappt sich einen Drink von einer Kellnerin, die gerade mit Schnäpsen vorbeikommt. Ich wünschte, ich könnte etwas trinken, um den Schmerz zu betäuben und in den benebelten Zustand zurückzukehren, in dem ich vorhin war.

Die Frauen, die mit Tabletts voller Alkohol herumlaufen, tragen kurze, dunkelblaue Glitzerkleider. Sie tragen alle das gleiche Kleid. Ich bin mir ziemlich sicher, dass ich einen Blick auf ihre Vorzüge erhaschen würde, wenn sie sich bücken würden.

Als ich Papa sehe, leuchten meine Augen auf und ich winke ihm zu, in der Hoffnung, dass er gekommen ist, um die Ricci-Familie ein für alle Mal zu erledigen.

„Papa!", rufe ich durch den Raum.

Er ist schick gekleidet und steckt sich eine Zigarre zwischen die Lippen. Er zieht sie lange genug heraus, um Daniel einen Schlag zu verpassen.

Sie tauschen einen hitzigen Wortwechsel aus, bevor Papa durch den Raum und einen entfernten Flur stürmt. Ich kann ihn nicht mehr sehen.

Hat er mein Rufen nicht gehört?

Tränen steigen mir in die Augen. Die Schminke wird verschmiert sein, und ich reiße an dem Halsband, um das elende Leder und Metall abzubekommen. Ich schnappe nach Luft, weil ich sicher bin, dass ich ersticke und das Halsband mich erwürgt.

Schwere Schritte nähern sich. „Kümmere dich um sie", sagt ein Mann im Anzug zu den anderen Männern.

Sprechen sie über mich?

Daniel holt einen Hundert-Dollar-Schein hervor. „Gebt mir eine Stunde mit ihr", sagt er.

Er hatte sich hinter den anderen Männern in Anzügen positioniert, die sich mir genähert haben. Ich konnte ihn zuerst nicht sehen.

Vielleicht wollte ich ihn auch gar nicht sehen.

Rafael zupft ihm das Geld aus den Fingern. „Vierhundert für zwanzig Minuten." Er streckt seine Hand aus und erwartet, dass das zusätzliche Geld in seine Handfläche gelegt wird.

Daniel holt sein Portemonnaie aus der Tasche und zieht ein Bündel Hunderter heraus. „Eine Stunde", bekräftigt er, dass er mich für die nächste Stunde bezahlen wird.

Warum sammelt Rafael das Geld ein? Arbeitet er für die Riccis?

Woher hat Daniel das Geld? Wie viel hat er noch in seinem Portemonnaie?

Vielleicht hätte ich ihm eher die Brieftasche abnehmen sollen, anstatt die Schlüssel seines Trucks. Jetzt ist es zu spät, die Vergangenheit zu hinterfragen.

Die anderen Männer gehen auseinander ,nur Daniel bleibt neben mir stehen, drohend und grübelnd.

Er sieht wütend aus, außerdem hat er ein Veilchen an der Wange. Die Jungs haben ihn verprügelt.

Ich verstehe immer noch nicht, was hier los ist. Warum waren Papa und Rafael hier?

Ich möchte weglaufen. Die Intensität seines Blicks, seine zusammengekniffenen Augen und die Art, wie er Rafael Geld hingeworfen hat, machen mich nervös.

Was hat er mit mir vor?

Ich stoße mich in der Samtkabine ab, meine Beine wackeln immer noch, aber ich kann langsam wieder stehen. Vielleicht kann ich ihm ausweichen und zum Ausgang rennen.

Wenn ich nur wüsste, wo der Ausgang ist und ich nicht dieses blöde Halsband tragen würde.

„Setz dich." Seine harschen Worte lassen mich erschaudern.

Er sieht aus als wäre er wütend auf mich. Wahrscheinlich, weil ich seinen Truck gestohlen habe. Wer zum Teufel ist er? Woher hat er so viel Geld?

Den Capos ging es gut, aber sie haben nicht mit so viel Geld um sich geworfen, wie Daniel es tun musste, um meine Zeit zu kaufen.

Ich zittere. Was will er mit mir machen, weil ich ihn bestohlen habe?

Wenn er zur Ricci-Familie gehört, stecke ich in ernsten Schwierigkeiten.

„Daniel", flüstere ich.

Wieso bin ich nicht überrascht, ihn zu sehen? Ich versuche, meine Stimme zu beruhigen und mich weniger als eine Füchsin anzuhören, die ich bin.

„Ich heiße Dante", korrigiert er mich. „Dante Ricci."

KAPITEL NEUN

DANTE

Es war die Hölle, auf die Party zu kommen. Die DeLucas wollten nicht, dass ich an dem Abendempfang teilnehme, obwohl ich keine Einladung hatte, hoffte ich, dass sie ein bisschen Grün akzeptieren würden.

Da lag ich aber falsch. Der Soldat, der den Eingang bewachte, hatte mich sofort erkannt, als ich den Raum betrat.

Mit einer Waffe an meinem Hinterkopf alarmierte er Rafael über meine Anwesenheit, woraufhin Gino auftauchte und mich aufforderte zu gehen.

Das Problem ist, dass ich Anweisungen nicht besonders gut vertrage.

Schon gar nicht von einem Schläger wie Gino.

Nachdem ich ein paar Schläge ins Gesicht und auf die Brust einstecken musste, entschieden die Jungs, dass ich hier bleiben durfte, um meine Kohle auszugeben.

Ein Blick auf sie in dem durchsichtigen rosa Ensemble und mein Schwanz wird hart.

Fuck!

Ich will nicht an sie denken. Nicht so, und schon gar nicht jetzt.

Sie sieht verlegen und besorgt aus, dass ich sie verraten könnte. Sie weiß nicht, wozu ich fähig bin und was ich getan habe.

Um ihren Hals trägt sie ein Halsband. An den Rändern ist es aus Leder und in der Mitte aus Metall. Ich habe so etwas schon gesehen, um Gefangene zu kontrollieren und stelle mir vor, dass es eine Art Foltergerät ist.

Sie tut mir fast leid.

Fast.

Sie hat mich bestohlen.

Niemand bestiehlt Don Ricci. Niemals.

Sie ließ mich vor meinem Sekundanten Moreno wie einen Idioten aussehen. Zum Glück behielt er es für sich, was passiert war, und wir haben nie wieder darüber gesprochen. Na ja, fast nie.

Weiß sie, dass die Polizei vor meiner Tür stand?

Sie hat die verdammten Bullen zu mir nach Hause gebracht!

„Setz dich hin", befehle ich ihr.

Sie kann nirgendwo hinrennen oder fliehen. Dutzende von DeLucas Männern kontrollieren das Gebäude. Meine Männer halten sich außerhalb des Geländes bereit, falls ich nicht lebend herauskomme. Sie haben ihre Befehle.

Sie zittert, als ob ihr kalt wäre. Es ist unmöglich, meinen Blick nicht über ihren Körper gleiten zu lassen. Ihre rosigen Brustwarzen sind hart und spannen sich durch den dünnen, fadenscheinigen Stoff.

Ich möchte sie nicht anstarren. Ich habe keine Lust, wie die Männer hier zu sein, die für ein paar Dollar ein Stück Fleisch probieren wollen.

Ich habe noch nie für Sex bezahlen müssen. Und diese Frauen sind keine Prostituierten; das würde voraussetzen, dass sie zugestimmt haben.

Sie sind Gefangene.

„Daniel." Nicoles flüstert leise und ihre langen Wimpern blicken zu mir hoch, genauso wie damals, als sie sich in die Kabine setzte.

Ich versuche, mir die Erinnerung an das letzte Mal, als wir zusammen in einer Kabine waren, nicht durch den Kopf gehen zu lassen. Ihr Körper krümmte sich über meinem und klammerte sich an meinen harten Schwanz.

Der Raum fühlt sich um einige Grad wärmer an. Haben sie hier die Heizung aufgedreht?

„Ich bin's, Dante", sage ich. Mein Blick weicht nicht von ihr. „Dante Ricci."

Sie verdient es, den Namen des Mannes zu erfahren, der sie kaufen will. Ich habe für zwanzig Minuten mit ihr bezahlt, aber ich habe die feste Absicht, sie mit nach Hause zu nehmen, koste es, was es wolle.

Ihre Augen sind weit aufgerissen, wie bei einem Reh, und ich nutze die Gelegenheit, mich neben sie zu setzen. Ich lege eine Hand auf ihren Oberschenkel und sie erstarrt und hält den Atem an.

Ich will nicht das Monster sein, für das sie mich hält. Sie kennt meinen Namen. Sie hat Angst vor mir und das aus gutem Grund, aber ist ihr klar, wie furchtbar ihr Vater ist und was er bereit war zu tun, um ihr eine Lektion zu erteilen?

Jetzt ist nicht der richtige Zeitpunkt. Wahrscheinlich gibt es Kameras und Audioüberwachung.

Ich muss vorsichtig vorgehen. Es mag ein Selbstmordkommando sein, sie zu retten, aber ich habe nicht vor, tot zu enden.

„Warum tust du das?", stammelt sie.

Ich runzle die Stirn, verwirrt von ihrer Frage. Mit einem schweren Seufzer stelle ich fest, dass sie wahrscheinlich keine Ahnung hat, dass ich hier bin, um sie zu retten.

Ich bin nicht das Tier, das Frauen in Käfige sperrt.

Ich packe ihr Kinn und zwinge sie, in meinen eisigen Blick zu starren.

Wir sind nicht allein. DeLucas Männer könnten sie schnell aus meinen Klauen reißen, wenn sie mich bestrafen wollen.

Ich bin überrascht, dass ihr Vater, das Oberhaupt der DeLuca-Familie, der Don, mich nicht davon abgehalten hat, seine Tochter in die Finger zu bekommen.

Was für ein Mann würde seine Tochter nicht beschützen?

Sein eigen Fleisch und Blut?

„Du wirst mir gehören, Kätzchen", sage ich.

Sie schluckt, presst die Lippen zusammen und rollt sie nach innen.

Hat sie mir nichts zu sagen? Auch nicht, nachdem sie meinen Truck gestohlen hat?

Ihr Blick schweift an mir vorbei. Sie sucht wahrscheinlich nach Hilfe, aber niemand wird kommen und sie retten.

Ich bin alles, was sie hat. Ich bin ihr Ritter, aber ich bin nicht hier, um mit ihr in den Sonnenuntergang zu reiten. Ich werde sie mit nehmen, auf meine Burg bringen und sie vor ihrem Vater beschützen, auch wenn das bedeutet, sie wie Rapunzel wegzusperren.

Ihre Stimme kommt piepsend heraus, leise und unsicher. „Ich lasse mich nicht besitzen", sagt sie.

„Du gehörst mir", sage ich und drücke meine Lippen fest auf ihre, um sie an die gemeinsame Nacht zu erinnern, als wir zwei Fremde waren und die Wahrheit nicht kannten.

Nur war sie war diejenige, die nicht wusste wer ich bin. Ich habe sie gepflückt wie eine zarte Blume, die sie ist, und jetzt werde ich sie zerquetschen.

Die Tochter meines Feindes gehört mir.

KAPITEL ZEHN

NICOLE

Ich sollte nicht zu ihm, zu Dante Ricci gehören aber die Art, wie er das Kommando übernimmt, bringt mich zurück zu der gemeinsamen Nacht, in der Bar.

Wusste er, an diesem Abend als wir uns kennenlernten wer ich war?

Ich zucke zusammen, als er mich packt, das Kommando übernimmt und mich daran erinnert, dass ich ohne ihn nichts bin.

Nur ein Spielzeug.

Das ist alles, was diese Männer von mir denken: ein Sexobjekt.

Das ekelt mich an.

Er presst seine Lippen auf meine und ich beiße ihn. Der Bastard hat es so verdient.

Ich schmecke das metallische Prickeln von Blut. Ich habe seine Lippe durchbohrt, nichts unbedeutendes.

Dante zieht sich aus dem Kuss zurück, streicht mit dem Daumen über seine Lippe und offenbart den Schaden, den ich angerichtet habe.

Ich erwarte, dass er mich ohrfeigt, würgt und vielleicht sogar tötet.

Ein Stromstoß trifft mich an dem Halsband um meinen Hals. Meine Strafe lässt meinen Körper auf den Boden der Bank sinken. Mein Hals verkrampft sich, der Kiefer ist angespannt und die Zähne schlagen zusammen.

„Genug!", brüllt Dante in den Raum hinaus.

Der Schmerz lässt nach, der Strom ist weg - vorerst.

Ich blinzle mit tränenden Augen. Haben die anderen Mädchen wegen meiner Tat gelitten? Ich habe zu viel Angst, mich im Raum umzusehen und zu entdecken, dass ich schuld bin.

Er zerrt mich auf seinen Schoß.

„Ich habe gutes Geld für dich bezahlt", sagt Dante. Seine Stimme ist laut, als wolle er damit prahlen, dass ich im Moment seine Beute bin.

Was will er damit beweisen?

Sein Atem kitzelt mein Ohr, als er sich vorbeugt und die verirrten Haarsträhnen hinter mein Ohr streicht. Ich erschaudere bei seiner Berührung.

Merkt er das?

Mein Magen krampft bei seinem Atem, er ist warm und einladend.

„Kätzchen, sieh dich um", sagt er und legt seine Hand auf meinen Kiefer, um meinen Kopf langsam zu drehen.

Ich schaue mich im Raum um. Die Mädchen geben Lapdances oder Blowjobs. Sogar zwei von ihnen ficken die Männer und reiten sie wie Hengste. Es ist alles ganz offen, es gibt nicht einmal den Anschein von etwas Privatsphäre.

Was erwartet er von mir? Ich weigere mich, für ihn auf die Knie zu gehen oder ihn zu ficken.

Als wir uns in der Bar kennenlernten, wusste ich nicht, wer er ist. Jetzt, wo ich weiß, dass er ein Tier ist, werde ich nicht auf seine Forderungen eingehen.

„Nein", sage ich und starre ihn an. „Du hast deine Nummer von mir in der Bar bekommen. Ich werde dich nie wieder ficken." Hätte ich gewusst, wer er ist, hätte ich ihn nicht angefasst.

Ist das der Preis, den ich für diese Tat zahle? Vielleicht liegt es daran, dass ich seinen Truck gestohlen habe .

„Das wirst du", sagt Dante. „Aber nicht hier, nicht heute Abend." Seine Augen sind dunkel, aber sie glänzen vor Freude, als er meine Lippen zusammendrückt und mich auf seinen Schoß zieht.

Es ist seine Schuld, dass ich hier bin. Ich bin mir sicher, das es sein Club ist.

Ich hasse ihn dafür, für die Entführung, die Demütigung, die Art und Weise, wie seine Männer die anderen Mädchen und mich behandeln. Einige von ihnen sind Kinder.

„Ich werde dich nie wieder ficken", sage ich und meine Worte triefen vor Gift.

Er grinst mich verschlagen an. „Nie ist eine lange Zeit, Kätzchen."

Ich hasse den Kosenamen, den er mir gegeben hat. Er ist süß und verspielt.

Dante ist nichts von beidem.

Er beobachtet mich, aber er ist abgelenkt.

Gelegentlich wirft er einen Blick auf die Männer, aber seine Hände liegen fest auf meinen Hüften.

Ich schaue in die Richtung, auf die er seine Aufmerksamkeit richtet, aber ich sehe niemanden. Es ist dunkel, doch überall sind Schatten. Silhouetten von Männern, die in dem großen, schwach beleuchteten Raum umherwandern.

Ist er auf der Suche nach jemandem?

„Du bist ein Ungeheuer. Du entführst Frauen und Kinder, um sie vorzuführen und sie für ein paar Minuten Spaß zu verkaufen. Das ist abstoßend."

Er öffnet seinen Mund, schließt ihn aber wieder.

„Hat die Katze deine Zunge?" Ungläubigkeit übermannt ihn. „Ja, das habe ich mir schon gedacht."

Ich habe ihn sprachlos gemacht.

„Ich könnte dich und deinen Vater ruinieren. Das ganze Imperium, das er geschaffen hat, zerstören", sagt Dante.

Ich versuche, einen Schauer zu unterdrücken, der bei seinen Worten unwillkürlich durch meinen Körper läuft. „Nur zu, versuch es", sage ich kühn und fordere ihn auf, seinen Zug zu machen.

Papa würde doch nicht zulassen, dass mir etwas zustößt, oder?

In der Dunkelheit sind mehrere Augenpaare zu sehen, die uns beobachten. Wir werden beobachtet. Sind es Papa's oder Dantes Männer?

„Warum ich?", frage ich.

Dante weigert sich, meine Frage zu beantworten.

Seine Finger gleiten von meinen Hüften zum Saum des Kleides und streifen meinen Po.

Bei seiner Berührung atme ich scharf ein. Diese Männer erwarten etwas.

Dante ist da nicht anders.

Dutzende von Fragen schwirren durch meinen Kopf, aber alles, was ich verdient habe, ist sein Schweigen.

Ist das alles wegen seines Trucks, den ich gestohlen habe?

Seine Finger streifen meinen Nacken, und er zieht meinen Kopf zur Seite, damit er besser rankommt.

Mit den Spitzen seiner Finger kratzt er an meinem Hals. Er ist sanft, nicht so, wie ich mir Dante Ricci, den Don der Ricci-Familie, vorstelle. Ich warte darauf, dass er mich erwürgt, mir wehtut, mich tötet.

Etwas stimmt nicht, er ist falsch.

Ich starre in seine schwarzen Augen, die wie zwei Kohlen aussehen, und ich fühle mich in seinen Bann gezogen, mit Herz, Körper und Seele.

Was ist mit ihm los?

Seine Lippen liegen hart und rau auf meinen Mund. Er hat eine Hand an meinem Kiefer positioniert, er macht was er will, hält mich fest, fordert mich ein.

Dieses Mal beiße ich ihn nicht.

Ich gebe der Dunkelheit und der Verlockung nach.

Meine Lippen öffnen sich und ich gewähre ihm Zugang.

Ich sollte das nicht machen. Ich sollte ihn hassen.

Ich hasse ihn wirklich.

Eigentlich verachte ich ihn, aber er ist Dante Ricci, und er bekommt, was er will.

Was er will, bin ich.

Seine Finger wandern über meine Hüfte und ich hebe mich gerade so weit, dass er mich berühren kann, wenn er es wagt.

Ich möchte das. Zum ersten Mal seit Tagen fühle ich mich lebendig und es gibt einen Funken Hoffnung. Aber ich bin im Zwiespalt, weil Dante derjenige ist, der mir dieses Licht in der Dunkelheit bringt.

Hass brennt in mir und seine Hand wandert neckisch an meinen Schenkeln entlang und hinauf zu meiner schmerzenden Mitte.

Er gibt mir nicht, was ich will.

Warum sollte er auch?

Dante hat für sein Vergnügen bezahlt, nicht für meins.

Seine Hände drücken meine Hüften grob zurück auf seinen Schoß. Er ist energisch und nicht im Geringsten sanft. Dantes Atem streichelt meinen Hals, während er mir ins Ohr flüstert: „Wage es nicht zu kommen, Kätzchen."

KAPITEL ELF

DANTE

Meine Zeit ist um. Eine Stunde vergeht und ich werde daran erinnert, dass ich sie keine Minute länger haben kann.

„Ich kaufe sie jetzt, und zwar für die ganze Nacht", sage ich.

In ihren bernsteinfarbenen Augen liegt ein verzweifelter Blick. Sie kann mich nicht anflehen zu bleiben, aber wenn sie es könnte, würde sie jetzt auf Händen und Knien gehen.

Ich habe sie gereizt, und das ist alles, was ich von ihr verlange, um ihr zu helfen.

Jeder andere Mann hätte sie gezwungen, ihm einen Blowjob zu geben und ihr seinen steifen Schwanz in den Hals geschoben , bis sie erstickt wäre.

Ich kann die Angst hinter den goldenen Honigflecken sehen, und ihre Hand ist auf meinem Oberschenkel geballt. Ihre Fingernägel sind scharf. Ich bin überrascht, dass keiner der Männer Schnitte hat, weil sie sich gewehrt hat.

Nicole scheint eine Kämpferin zu sein, und etwas sagt mir, dass das Feuer in ihr noch nicht erloschen ist.

Ich streichle ihren Oberschenkel und setze sie von meinem Schoß in die Kabine. Der Stoff ist zerknitterter Samt. Er ist weich und streichelt wahrscheinlich ihren nackten Hintern.

Verzweifelt möchte ich ihren Schlitz ertasten, den Glanz der glitzernden Lust entdecken, der sich zwischen ihren Schenkeln sammelt. Schließlich ist sie nur für mich da.

Die Männer auf dieser Abendgesellschaft sind abscheuliche und ekelhafte Kreaturen.

Ich fühle mich wie Dreck, nur weil ich hier bin.

Aber ich kann nicht zulassen, dass sich mein Fokus ändert.

Ich muss Nicole beschützen. Wenn nicht für sie, dann für die Familie Ricci. Sie ist mein Druckmittel.

Nachdem ich sie in die Kabine gesetzt habe, steige ich aus, um mit den DeLuca Männern zu reden. Ich gebe ihr ein Zeichen, dass sie bleiben soll.

„Keiner fasst sie an", fordere ich.

Der große Kerl, der nicht so groß, sondern eher breit ist, deutet seinen Chefs an, herüberzukommen. Rafael kommt heran.

„Du schon wieder?", sagt Rafael. „Was jetzt?" Er tut nicht einmal so, als würde er sich freuen, mich zu sehen.

Warum sollte er auch? Wir sind Feinde.

„Wie viel kostet der Rabe?", sage ich.

Ich zeige auf Nicole. Wir sind weit genug weg, dass sie unser Gespräch nicht hören kann. So muss es auch sein.

Ich tue so, als wüsste ich nicht, dass sie die Tochter von Don DeLuca ist, oder dass ich ihren Namen kenne. Es ist besser, wenn sie denken, dass es mich nicht interessiert.

Aber ich kann sie nicht täuschen, wenn ich verlange, dass niemand sonst sie in die Finger bekommt.

Rafael schnaubt entrüstet. „Du bist wahnsinnig. Sie ist nicht zu verkaufen. Wenn du nicht vor hast, sie zu heiraten, können sich die Käufer ihre Braut für einen hohen Preis aussuchen. Wir bezeichnen das als Heiratsvermittlung. Wir helfen bei der Vermittlung von Ehen." Er zeigt ein zahnloses Grinsen. „Das Finanzamt hat auch weniger Probleme damit. Wir sind eine Partnervermittlung."

Mir dreht sich der Magen um, angesichts der Abscheu vor Rafael und den Männern, die diesen Laden betreiben.

Hat Gino DeLuca tatsächlich in Erwägung gezogen, seine Tochter an einen Mann zu verkaufen, um sie zu verheiraten?

Scheiße!

Es spielt keine Rolle, was es kostet. Ich werde nicht zulassen, dass jemand anderes sie mit nach Hause nimmt.

Sie gehört mir.

„Reichen hunderttausend dafür?" Ich habe zwar nicht so viel Bargeld herumliegen, aber ich kann ihnen das Geld leicht in Kryptowährung überweisen. Ich bin sicher, dass sie nichts dagegen haben.

„Lass mich mit dem Chef sprechen."

„Mach das." Ich verschränke die Arme vor der Brust und warte auf Rafaels Rückkehr.

Gino tritt aus dem Schatten hervor.

Wie lange hat er sich schon in der Dunkelheit des Raumes versteckt? Ich hatte ihn nicht gesehen. Hat er mich und seine Tochter beobachtet?

Seine Nasenlöcher blähen sich, als er näher kommt. Er ist ein paar Zentimeter kleiner, aber stämmiger.

Gino ist alt genug, er könnte auch mein Vater sein. Sein Gesicht ist pockennarbig, seine Augen sind tiefbraun und sein Haar ist dicht, aber offensichtlich gefärbt. Seine buschigen Augenbrauen sind weiß und schwarz, während sein Haar so dunkel ist wie der Raum. Er fügt sich in die Schatten ein.

Er winkt mich näher heran und senkt seine Stimme.

Dieses Gespräch findet nur zwischen uns beiden statt. Seine Männer können uns nicht hören, und Nicole auch nicht.

„Weißt du, wer sie ist?", fragt Gino. Er dreht seinen Kopf und blinzelt in die Richtung seiner Tochter. „Sie ist mein Blut."

„Ich habe deinem Mann hunderttausend für sie geboten. Warum bringst du sie hierher, wenn du sie nicht verkaufen willst?" frage ich.

Sein Kiefer ist angespannt und krumm, während er mit den Zähnen knirscht.

Habe ich etwas gesagt, das ihn verärgert hat?

Ich weiß, warum sie hier ist. Um ihr eine Lektion zu erteilen. Er ist stinksauer. Das ist seine Art, sie zu kontrollieren.

Das ist krank und abgefuckt.

Ich mag ein Monster sein, aber ich bin kein Tier. Nicht wie er.

Gino räuspert sich. Er wirft nicht einmal einen Blick auf seine Tochter. „Für das Doppelte kannst du sie haben, aber du solltest wissen, dass sie verlobt ist. Ihr zukünftiger Ehemann wird nach ihr suchen. Die einzige Möglichkeit, dieses Bündnis zu lösen ist, wenn du sie heiratest."

Ich schlucke den Kloß in meinem Hals hinunter.

Heiraten?

Gino will mich wohl verarschen.

„Du willst, dass ich deine Tochter heirate?"

Es muss einen Haken geben.

Versucht Gino, Informationen über meine Familie und meine Männer zu bekommen? Würde er Nicole benutzen, um Informationen zu sammeln?

Ich habe nicht vor zu heiraten, niemals. Beziehungen sind eine Ablenkung und eine Schwäche für mich.

Sex bringt keine Bedingungen oder Komplikationen mit sich, nichts was mich von meiner Verantwortung für die Familie und das Geschäft ablenken könnte.

Obwohl ich Nicole ruinieren und Gino zerstören wollte, scheint mir eine Heirat eine viel zu komplizierte Angelegenheit zu sein, als eine Lösung.

„Betrachte dies als Zeichen meiner Dankbarkeit, dass du dich aus diesem Geschäft heraushältst. Und lass dir gesagt sein, dass ich weder dich noch deine Männer jemals wieder auf meiner Party sehen will", knurrt Gino.

Das passt immer noch nicht zusammen. Ich kann nicht glauben, dass es wirklich um das Geld geht, nicht bei seiner Tochter.

„Eine Sache noch", sagt Gino. Er deutet mir an, mich näher zu ihm herunter zu beugen.

Ich zögere, aber ich glaube nicht, dass er mich jetzt umbringen wird, vor allem, weil er vorhin eine

Gelegenheit hatte, als ich auf der Veranstaltung auftauchte.

„Meine Tochter darf nie erfahren, dass ich hinter ihrer Entführung und diesem Club stecke. Wenn du es ihr sagst, bringe ich euch beide persönlich um. Also, sind wir uns einig?"

Ich kann damit leben, dass sie denkt, dass ich hinter ihrer Entführung stecke, und ich das Monster bin. Wenigstens wird sie in Sicherheit sein. Heute Abend rette ich ein Mädchen.

KAPITEL ZWÖLF

NICOLE

Dante begleitet mich vom Gelände zu seinem Fahrzeug. Natürlich ist es nicht sein Truck.

Mit einem festen Griff an meinem Unterarm öffnet er die Tür und schiebt mich hinein.

Ich stolpere in den Sportwagen. Er riecht neu und sieht von außen sauber und glänzend aus.

Hat er ihn heute gekauft, weil ich seinen Truck gestohlen habe? Oder stand das Fahrzeug unangetastet herum, weil er ein reicher Bastard mit zu viel Geld ist?

Ehrlich gesagt, ich habe Angst vor dem Mann. Ich will nicht mit ihm gehen, aber es scheint für mich keine andere Wahl zu geben.

Dante hockt sich hin und lehnt sich ins Auto. Er schnappt sich den Sicherheitsgurt, greift über meinen Schoß und macht ihn fest.

„Ich will nicht, dass meiner wertvollen Fracht etwas passiert", sagt er.

„Ich bin kein Gepäckstück", schnauze ich.

Er fährt zurück und knallt die Tür auf der Beifahrerseite zu.

Dante eilt herum und steigt selbst ein. Im Auto ist nur Platz für uns beide. Er muss allein gekommen sein.

„Deine Männer vermissen dich nicht?"

Ich werde mit Schweigen empfangen.

Ich werfe einen Blick zurück auf das Backsteingebäude, vor dem Dutzende von Fahrzeugen geparkt sind. Meine Finger streifen über meinen Nacken und ich atme einen schweren, jubelnden Seufzer aus. Das Halsband ist weg.

Dante hat das dicke Lederhalsband von meinem Hals entfernt und das Gerät auf dem Stand zurückgelassen.

Endlich kann ich atmen.

Aber ich bin nicht frei.

Zumindest noch nicht.

Dante tritt das Gaspedal durch und der Wagen schießt vorwärts, die Reifen drehen durch und wirbeln Staub und Schmutz auf. Ich muss nicht fragen wo er mich hinbringt.

Ich ahne bereits, dass es zu seinem Zuhause, seinem privaten Versteck, geht. Aber ich weiß nicht genau, wo das ist. Ich vermute, an einem unbekannten Ort in der Stadt .

Während der Fahrt behält er seine Hände bei sich.

Gelegentlich spüre ich wie er seinen strengen Blick auf mich richtet. Wie viel Folter muss ich noch ertragen, weil ich seinen Truck gestohlen habe?

Das Fahrzeug schlängelt sich die Kurven hoch, während wir den Berg hinauffahren. Rechts von mir ist Gras. Wenn ich einfach aus dem Auto rolle, kann ich vielleicht entkommen, solange ich nicht in einen Graben stürze.

Es muss ein besseres Schicksal geben.

Ich reiße an dem Griff der Tür und sie öffnet sich.

Dante streckt einen Arm aus, um mich zu packen und zurückzuhalten, während er auf die Bremse tritt und die Handbremse anzieht.

Wir kommen hart zum Stehen.

Wir greifen beide nach dem Schloss des Sicherheitsgurtes.

Dante versucht, mich aufzuhalten, aber meine Hände sind winzig, und da die Tür bereits offen ist, bin ich im Vorteil.

Ich öffne den Sicherheitsgurt und springe aus dem offenen Auto in den Wald.

Nur Sekunden später höre ich, wie er mir hinterherläuft.

„Nicole!", ruft er, und das Geräusch seiner Schuhe knirscht auf dem Kies.

Ich rutsche in einen Graben und gebe mein Bestes, um mich auf den Beinen zu halten, aber es ist steiler, als ich dachte.

Ich verliere den Halt und stolpere über meine Füße. Ich rolle, ich stolpere und falle mehrere Meter, bis ich gegen etwas raues und scharfes knalle.

Mein Kopf dröhnt, mein Magen schmerzt und ich sehe doppelt.

Ich drücke mich hoch, um aufzustehen, aber Dante ist schon bei mir, bevor ich aufstehen kann.

„Ohne mich gehst du nirgendwo hin", sagt er und nimmt mich in die Arme.

Ich möchte mich gegen ihn wehren und schreien.

Meine Bitten sind leise, winzig und praktisch nicht existent.

Kann er hören, das ich ihn um Hilfe anflehe?

Ich murmle unzusammenhängende Sätze, während er mich zurück zu seinem Auto trägt und mich auf den Beifahrersitz setzt.

Dante stößt einen schweren Seufzer aus. „Du machst es mir nicht leicht, oder?", fragt er.

Ich weiß nicht, wovon er spricht.

Meine Sicht verschwimmt.

Er öffnet das Handschuhfach und zerrt meine Arme hinter meinen Rücken. Ich spüre, wie sich das eiskalte Metall der Handschellen in mein Fleisch gräbt.

„Du trägst sie, bis du vertrauenswürdig bist", sagt Dante.

Er knallt die Autotür zu.

Es gibt keine Möglichkeit, zu entkommen. Ich bin ihm ausgeliefert.

KAPITEL DREIZEHN

DANTE

Die Göre konnte sich auf der Autofahrt zum Gelände nicht entspannen und ruhig bleiben. Ich hatte nicht erwartet, dass sie begeistert sein würde, mit mir mitzukommen, aber um zu fliehen, brauchte man wirklich Mut.

Ich traue mir nicht zu, ihr meinen Plan zu verraten. Alles, was ich vorhatte, war, ihre Freiheit zu erkaufen, sie von ihrem psychotischen Vater fernzuhalten und sie dann zum nächsten Busbahnhof zu fahren.

Sie trug immer noch das durchsichtige rosa Negligé. Gino hat dem Mädchen nicht einmal einen Bademantel zum Umziehen gegeben.

Nicole benötigt Kleidung. Wir können bei mir anhalten, ihr etwas Passendes zum Anziehen besorgen und dann kann ich sie von einem meiner Männer aus der Stadt fahren lassen.

Das war mein Plan, bis sie die Autotür öffnete und zu Fuß flüchtete.

Vielleicht hätte ich ihr nicht hinterherlaufen sollen. Aber was sollte ich tun, sie nach Hause zurückkehren lassen?

Das würde uns beide umbringen.

Ich muss sie auf mein Gelände bringen, ihre Wunden reinigen und verbinden. Hoffentlich hat sie keine Gehirnerschütterung.

„Bleib wach", befehle ich.

Ihre Augenlider flattern, und sie stöhnt. Ich kann nicht sagen, ob sie Geräusche von sich gibt, weil sie sich unwohl fühlt, oder ob es eine Folge des Sturzes vom Berghang ist.

Ich bezweifle, dass sie mir die Wahrheit sagen würde, wenn ich sie frage.

Diese Handschellen sind verdammt schwer zu tragen. Ich habe fast ein schlechtes Gewissen, aber ich kann nicht riskieren, dass sie wieder versucht zu fliehen.

Alle paar Sekunden werfe ich aus dem Augenwinkel einen Blick auf sie und rase den Rest des Weges den Berghang hinauf zu meinem Haus.

Es ist ein abgelegener Ort, abseits der ausgetretenen Pfade und ein gutes Versteck.

Es ist weniger formell und auffällig als das Anwesen meines Vorgängers.

Ich will keine Aufmerksamkeit auf meine Familie und mich lenken, schon gar nicht von den Behörden. Sie haben ein wachsames Auge auf uns geworfen, und warten nur darauf, dass wir einen Fehler machen.

Ich bin kein Idiot. Ich habe Feinde, die alles tun würden, um unsere Familie aus dem Weg zu räumen.

Nicole zu mir nach Hause zu bringen, ist ein Risiko. Ich sollte sie am Busbahnhof mit einem One-Way-Ticket zur Ostküste absetzen, das werde ich auch tun, aber sie ist verletzt und müde.

Ich habe Männer, die sich um sie kümmern, einen Arzt, der sicherstellt, dass sie gesund ist, bevor ich sie auf die Reise schicke.

Morgen muss ich sie nie wieder sehen.

Es ist nur eine Nacht mit ihr in meinem Haus. Wie viel Ärger kann ein Mädchen verursachen?

KAPITEL VIERZEHN

NICOLE

„Kannst du bitte die Handschellen abnehmen? Ich schwöre, dass ich nicht noch einmal versuchen werde zu fliehen", sage ich.

Er antwortet mir nicht.

Wir halten vor dem Haus von Dante.

Von außen ist es wunderschön, alt und groß. Ich bin überrascht, dass es ein Blockhaus ist, aber es ist riesig. In einer typischen Wohngegend reicht es locker für zwei Grundstücke.

Aber er wohnt nicht in einer Stadt oder einem Vorort.

Wir sind draußen in der Wildnis. Dante besitzt wahrscheinlich Hunderte, wenn nicht Tausende Hektar Land.

Die Fenster sind dunkel, sie bestehen aus Glas, das vom Boden bis zur Decke reicht entlang dem der Straße zugewandten Eingangs.

Er ist ruhig und friedlich, aber es vermittelt ein falsches Gefühl von Sicherheit.

An Dante ist nichts friedlich oder ruhig.

Er hat mich entführt, gekauft und schleppt mich jetzt in Handschellen in sein Haus.

Hat er vor, mich vor seinen Mitarbeitern zur Schau zu stellen?

Dante führt mich aus dem Auto, seine Hand legt sich um meinen Arm, während er mich die Treppe hinauf, um die umlaufende Veranda herum zum Eingang führt.

„Was ist unten?", frage ich, als er die Tür aufschließt.

Dante stößt einen Seufzer aus und schaltet das Licht an. Er zieht mich ins Haus und dreht mich um, während er die Alarmanlage entschärft und zurücksetzt, ohne mir den Code zu zeigen.

Derselbe Mann, mit dem ich Dante an dem Abend in der Bar gesehen habe, schlendert auf uns zu. Er hat eine krumme Nase, etwas, das mir vorher aus der Ferne nicht aufgefallen ist. Er lächelt uns beide herzlich an.

„Boss."

„Was ist los, Moreno?", fragt Dante in einem knappen Ton. Er klingt genau so, wie ich mich fühle: müde, erschöpft und bereit, das nächste Jahrhundert zu schlafen.

Dante schubst mich zu Moreno. „Bring sie nach oben und zeige ihr das Gästezimmer. Ich werde den Arzt anrufen und fragen, ob er heute Abend noch rauskommen kann."

„Heute Abend?", fragt Moreno und blickt auf die Uhr an der Wand.

„Ja. Sie ist böse gestürzt und ich will sichergehen, dass es ihr gut geht", sagt er. „Ich rufe von meinem Büro aus an. Sorge dafür, dass sie alles hat, was sie für den Abend braucht."

Meine Hände sind immer noch hinter meinem Rücken gefesselt. Das ist, gelinde gesagt, unangenehm, und nachdem ich den Berghang hinunter gestürzt bin, ist auch meine Schulter etwas empfindlich. Ich habe ein paar Beulen und blaue Flecken, aber meine Sicht ist wieder besser als vorher.

„Natürlich, Chef", sagt Moreno.

Dante rennt den Gang hinunter und ich werde eine weitere Treppe hinauf geschleust.

„Hier entlang", sagt Moreno. Er nimmt meinen Arm und führt mich die Treppe hinauf und den langen Flur entlang. Auf der linken Seite befindet sich ein Balkon, von dem aus man den Eingang überblicken kann. Auf der rechten Seite ist eine geschlossene Tür nach der anderen.

Hinter dem Balkon auf der linken Seite gibt es vier weitere Türen. Moreno öffnet die zweite auf der linken Seite und führt mich hinein.

Drinnen holt er einen Schlüsselbund hervor und deutet mir, mich umzudrehen.

Ich atme erleichtert auf, als er die Handschellen löst, die Dante mir um die Handgelenke gelegt hat. Das Halsband war zwar viel schlimmer, aber die Handschellen waren auch nicht gerade angenehm.

„Danke", sage ich und verschränke meine Arme vor mir. Ich reibe über die roten Stellen und ziehe eine Grimasse.

Moreno runzelt die Stirn, sagt aber nichts. Er geht durch den Raum und öffnet die Nebentür. „Das Badezimmer ist durch diese Tür. Am Haken an der Wand hängen saubere Handtücher, falls du dich vor dem Schlafengehen waschen willst."

Ich möchte duschen, um mich von dem Dreck zu befreien, der meinen Körper bedeckt, aber ich habe Angst, dass Dante beschließen könnte, mich ins Bett zu begleiten.

Wenn ich eklig bin, wird er nicht mitkommen wollen. Oder?

„Bist du hungrig? Soll ich dir etwas zu essen machen lassen?"

Ich schüttle den Kopf und ziehe eine Grimasse. Die Bewegung dreht mir den Magen um. Ich eile ins Bad, klappe den Deckel der Toilette auf und stürze den Inhalt hinein. Es gibt nicht viel zu holen, außer Brot und Wasser.

Moreno verlässt den Raum und ich höre das Schloss an der Tür klicken.

Ich spüle die Toilette, spüle meinen Mund mit Wasser aus und schleiche mich dann aus dem Badezimmer. Ich versuche, den Griff der Schlafzimmertür zu öffnen, aber ich kann ihn nicht bewegen.

Er hat mich eingesperrt.

Wunderbar.

Von einem Käfig zum anderen. Es ist alles dasselbe, nur ein anderes Gefängnis.

––––––––

Ich bin müde und schmutzig. Ich mache mir nicht die Mühe, zu duschen. Ich klettere unter die Decke und schalte die Nachttischlampe aus.

Gerade als ich denke, dass ich einschlafen könnte, klopft es laut und energisch an der Tür und das Schloss klickt.

Dante legt den Schalter an der Wand um und das Licht des Deckenventilators erhellt das Schlafzimmer.

Ich blinzle und schütze meine Augen, als ich mich aufsetze.

„Was ist es, das nicht bis zum Morgen warten konnte?" Ich bin mürrisch, wenn ich müde bin, und es ist Tage her, dass ich durchgeschlafen habe, geschweige denn in einem warmen und gemütlichen Bett.

Wenigstens an dieses Gefängnis könnte ich mich gewöhnen. Nicht, dass ich das will, aber es ist bequem.

Ist das eine Form der Folter oder eine Verhörmethode? Bringt er mich absichtlich um den Schlaf?

„Doktor Blake Reiss ist hier, um dich zu untersuchen, nachdem du heute Abend einen üblen Sturz erlitten hast", sagt Dante.

Ich korrigiere Dante nicht. Wahrscheinlich kennt er den Arzt und sie sind Freunde.

„Ich warte draußen", sagt Dante und macht sich auf den Weg zur Tür.

„Warte!" Ich bin mir nicht sicher, warum ich ihn am Gehen hindere. Ich traue Dante nicht, aber diesem Arzt noch weniger.

Dante zieht die Stirn in Falten, als er weiter ins Zimmer kommt und sich dem Bett nähert.

Ich atme scharf und nervös ein. Mein Atem stockt ein wenig und er setzt sich neben mich auf die Kante der Matratzen. „Ich bleibe die ganze Zeit hier, wenn du dich dann wohler fühlst, aber ich kann dir versichern, dass Dr. Reiss ein aufrechter Arzt ist. Er wird sich gut um dich kümmern, Nicole."

Es ist das erste Mal, dass er heute Abend meinen Namen sagt. Im Club war ich das Kätzchen für ihn.

Mein Atem bleibt mir im Hals stecken und ich schluchze leicht. Ich bin emotional, ein Wrack und definitiv übermüdet. Tränen vernebeln meine Sicht. „Ich bevorzuge Nikki", korrigiere ich ihn.

„Natürlich", sagt Dante. Sanft legt er eine Hand auf mein Bein, das unter der Decke vergraben ist.

Der Arzt kommt näher und holt eine Taschenlampe hervor, mit der er meine Pupillen, mein Sehvermögen und meine Reflexe überprüft. Ich kann nicht sagen, ob er besorgt ist oder einfach nur ein unbeschriebenes Blatt. Er gibt keinen Hinweis darauf, ob alles in Ordnung ist oder ob ich im Sterben liege.

„Und du hast gekotzt?", fragt Dr. Reiss. „Wann war deine letzte Periode?"

Ich werfe Dante einen Blick zu. Sein Kollege Moreno muss ihm gesagt haben, dass ich mich vorhin übergeben habe.

„Ich weiß es nicht, es war noch nie sehr regelmäßig."

Der Arzt öffnet seine Arzttasche und holt einen Schwangerschaftstest heraus. „Den solltest du auf der Toilette machen."

Ich starre die Schachtel an.

„Ich habe mir den Kopf gestoßen", sage ich.

Es kann doch nicht sein, dass ich schwanger bin. Oder doch?

Dante und ich hatten Sex, aber ich fühle mich nicht schwanger. Ich zeige auch keine anderen Symptome, soweit ich das beurteilen kann.

„Ja, aber du hast dich auch übergeben. Das ist nur eine Vorsichtsmaßnahme. Ich bin sicher, es ist nur eine leichte Gehirnerschütterung", sagt Dr. Reiss. Er steht auf. „Ich gebe euch beiden eine Minute Zeit. Ich stehe gleich vor der Tür."

Ich starre weiter auf die Schwangerschaftsbox.

Nein.

Ich werde es nicht tun. Wenn es auch nur die geringste Chance gibt, dass ich mit Dantes Kind schwanger bin, weiß ich nicht, was er tun oder wie er reagieren wird.

Ich werde den Test fälschen. Ich tauche ihn in Wasser statt in Urin.

Ich glaube nicht, dass ich schwanger bin, aber das Risiko, dass der Test positiv ausfällt, kann ich nicht eingehen.

Dr. Reiss schließt die Tür, als er das Schlafzimmer verlässt.

Mit einem schweren Seufzer stehe ich von der Matratze auf und stapfe mit der Schwangerschaftsbox in der Hand in Richtung Badezimmer. Ich versuche, keine große Sache daraus zu machen.

„Lass die Badezimmertür offen", sagt Dante.

„Was? Warum?" Ich schaue über meine Schulter zu ihm.

Dantes Augenbrauen ziehen sich zusammen, er steht von der Matratze auf und folgt mir ins Bad. „Eh ich dir vertrauen kann, muss ich sehen, wie du den Schwangerschaftstest machst."

Ich schnaube leise vor mich hin. „Machst du dir Sorgen, dass ich nicht weiß, wie man einen Schwangerschaftstest macht? Das ist doch keine Raketenwissenschaft."

„Ich mache mir Sorgen, dass du mich anlügst."

„Ich zeige dir den Stick", sage ich.

Dante schüttelt den Kopf. „Ja, und du wirst ihn wahrscheinlich ins Wasser stecken oder in die Toilettenschüssel werfen, um ihn zu verdünnen. Ich traue dir nicht."

KAPITEL FÜNFZEHN

DANTE

Sie dreht sich auf dem Absatz um und schiebt mir die Schwangerschaftsbox vor die Brust.

„Und du glaubst, dass ich dir vertraue?" Nikki spottet über mich. „Ich schwöre bei Gott, wenn ich schwanger bin, werde ich es abtreiben."

„Wie bitte?" Meine Stimme donnert bei ihre Andeutung. „Den Teufel wirst du tun!"

Ich habe zwar kein Kind gewollt, aber ich werde auf keinen Fall zulassen, dass sie mir droht, die Schwangerschaft zu beenden.

Ich packe sie an den Handgelenken und drücke sie mit dem Rücken ins Bad, um sie festzuhalten.

Die Schachtel mit dem Schwangerschaftstest fällt auf den Boden. Ich trete sie mit dem Fuß und nehme sie mit ins Bad.

„Geh runter von mir!", schreit Nikki und wehrt sich gegen mich.

Ich habe genug von ihren Mätzchen. Es ist klar, dass sie daran gewöhnt ist, zu bekommen, was sie will. Ich hätte es erwartennmüssen, wenn man bedenkt, wer ihr Vater ist. „Reiß dich zusammen!"

Ich knalle die Badezimmertür hinter uns zu und die Wände vibrieren.

Sie sträubt sich gegen meinen Griff, bis ich sie endlich loslasse.

Seufzend bücke ich mich und reiche ihr die Schachtel, damit sie den Inhalt auspacken und den Test machen kann. Ich bin mir nicht sicher, ob sie die Anweisungen, die den Test beiliegen, braucht oder nicht.

„Kannst du dich wenigstens umdrehen, damit ich in Ruhe pinkeln kann?", fragt Nikki.

„Nein." Ich verschränke meine Arme vor der Brust und lehne mich gegen die geschlossene Tür.

Es ist ja nicht so, dass ihre Kleidung nicht schon freizügig wäre.

In den Schubladen des Schlafzimmers lagen T-Shirts und Sweatshirts. Sie hat nicht geduscht, geschweige denn sich umgezogen, bevor sie unter die Bettdecke kroch. Durch ihr dünnes rosa Negligé kann ich alles sehen.

Nikki schnappt sich einen Einwegbecher mit Wasser neben dem Waschbecken und setzt sich auf die Toilette. Sie macht den Schwangerschaftstest, obwohl ich sie nicht anstarre, beobachte ich sie, um sicherzugehen, dass sie mich nicht um die Wahrheit betrügt.

Sie spült die Toilette und wäscht sich die Hände. Der Becher mit dem Schwangerschaftstest steht auf dem Badezimmerschrank. Nikki schürzt die Lippen und setzt sich auf den Rand der Badewanne, die Hände auf dem Schoß, und schüttelt den Kopf.

Ihr Teint hat sich grässlich verfärbt. Ist sie nervös wegen dem Ergebniss oder fühlt sie sich immer noch nicht gut?

Es war dumm von mir, kein Kondom zu benutzen. Genau aus diesem Grund bin ich immer vorsichtig gewesen. Ich bin nicht bereit, Vater zu werden.

Ich schaue auf meine Uhr, behalte die Zeit im Auge und warte darauf, den Test zu überprüfen.

Das absolute Worts-Case-Szenario starrt mich an - zwei rosa Linien.

Sie ist schwanger.

KAPITEL SECHZEHN

NICOLE

Nein. Nein. Nein.

Dieser verdammte Schwangerschaftstest muss falsch sein.

Ich blinzle einmal, zweimal und starre auf die beiden Linien auf dem Schwangerschaftstest, die nicht zu verschwinden scheinen.

Vorhin war meine Sicht noch verschwommen. Gab es auch nur eine winzige Chance, dass ich die Einzige war, die sah, dass ich schwanger bin?

Ein Blick zu Dante und ich trete einen Schritt zurück.

Er wird mich niemals gehen lassen. Nicht, solange ich sein Kind in mir trage.

„Also, es ist beschlossen", sagt Dante. Er räuspert sich und seine Augen zucken, bevor er sich umdreht und aus dem Bad stürmt.

Was ist beschlossen? Ich verschränke meine Arme schützend vor meiner Brust.

Mein Kopf schmerzt und mein Magen schlägt Purzelbäume wegen der Neuigkeiten.

Ich kann seine gedämpfte Stimme vor der offenen Badezimmertür hören. Wut schwingt in seinem Tonfall mit. Auch wenn ich ihn ignorieren möchte, was ich verzweifelt tue, ist seine Stimme laut und dröhnend.

Er steht auf dem Flur und spricht mit dem Arzt.

Ich werfe den Schwangerschaftstest in den Papierkorb und wasche mir die Hände. Ein Blick in den Spiegel und ich erkenne das Mädchen, das mich anstarrt, nicht wieder.

Ich knalle die Badezimmertür zu. Natürlich gibt es kein Schloss. Es gibt nichts, was man vor die Badezimmertür schieben könnte, um sie zu sichern, außer dem blöden kleinen Mülleimer, in dem der Schwangerschaftstest und die Schachtel ist. In dem mintgrünen Eimer ist nichts, was zu den Handtüchern an den Haken passt.

Ich stürme zur Dusche und drehe an denWasserhähnen, sodass ein heißer Wasserstrahl in die Wanne spritzt. Die Dusche läuft in Strömen, während ich mich ausziehe und meine Kleidung auf den Boden werfe.

Der Vorhang ist aus Stoff, mit blauen, grünen und goldenen Farbtupfern in horizontalen Linien. Ich ziehe den Stoff zurück und trete unter den heißen Strahl.

Das Wasser fühlt sich gut an, anders als das letzte Mal, als ich mit einem Schlauch abgespritzt wurde. Ich schließe meine Augen und lehne meinen Kopf zurück. Das Rauschen der Dusche übertönt Dante und den Arzt.

Perfekt!

Das ist genau das, was ich brauche.

Ich schäume mein Haar mit Shampoo ein. Der Duft ist süß und anregend, mit einem Hauch von Minze und Lavendel. Ich spüle die Seifenlauge aus und bin erleichtert, als ich eine Flasche mit der passenden Spülung finde.

Das sind keine männlichen Düfte, und sie riechen überhaupt nicht nach Dante. Bringt er Frauen aus der Bar oder vom Menschenhandel mit nach Hause?

Mir läuft ein Schauer über den Rücken.

Wie viele Frauen hat er schon besessen?

Ich greife nach der Dusche und drehe das heiße Wasser voll auf.

Ich weiß, dass die Dusche nicht kalt ist, aber ich zittere und meine Zähne klappern.

Ich wasche mich so schnell wie möglich ab und schalte die Duschbrause aus. Ich ziehe den Vorhang zurück, um ein Handtuch zu holen und starre in Dantes kritischen Blick.

„Raus hier!" Ich zeige auf die Tür. „Wer zum Teufel hat dir gesagt, dass du hier hereinkommen darfst?"

Dante reicht mir ein Handtuch vom Haken. Er schweigt.

„Das hätte ich auch selbst finden können." Es war ja nicht so, dass ich nach einem Handtuch kramen musste. Die Wäsche wurde draußen gelassen.

„Ich dachte, ich helfe dir."

Ich ziehe kräftig am Handtuch, entreiße es seinem Griff und wickle es um mich.

„Wenn ich Hilfe benötige , werde ich darum bitten", schnauze ich. „Warum bist du noch hier?"

Hat der Mann kein Verständnis für Privatsphäre?

„Wir müssen reden", sagt Dante. Er geht einen Schritt zurück, bleibt aber in der Tür stehen, seine Arme hält er über dem Kopf, während er sich am Türrahmen abstützt.

Er irritiert mich. Ich greife nach der Badezimmertür, um sie zuzuknallen.

Dantes Augen zucken, aber er verhindert, dass die Tür zufällt.

„Moreno!", schreit er.

„Was? Musst du deine ganze Crew hierher einladen, um mich beim Duschen zu sehen?"

„Eigentlich ziehst du dich ja gerade an", sagt Dante. Er verhält sich kühl, ruhig und gefasst.

Das entspricht nicht im Geringsten meinen Gefühlen. Er hat mich in den Wahnsinn getrieben, mich geschwängert und jetzt das: Er dringt in meinen persönlichen Bereich ein.

„Ich ziehe mich nicht an, wenn du mich anstarrst", beiße ich zurück. Dante wird auf keinen Fall noch einmal die Gelegenheit bekommen, mich nackt anzustarren. Nicht, wenn ich es verhindern kann.

Ich lege das Handtuch eng um meinen Körper. Eine Hand umklammert den Stoff, während ich mit der anderen versuche, Dante abzuwehren.

„Raus!", befehle ich.

Meine Befehle nützen wenig.

Dante grinst schief. Sein Blick ist voller Belustigung und einem Funken von etwas, das ich nicht kenne. Ist es Heiterkeit?

Er hindert mich daran, das Bad zu verlassen, und selbst wenn ich mich anziehen wollte, liegen alle Kleider, die in den Schubladen der Kommode verstaut sind, hinter ihm.

Ist das eine Art Spiel für ihn?

Es klopft fest und laut an der Schlafzimmertür.

„Komm rein", sagt Dante.

„Ernsthaft? Nimmst du keine Rücksicht auf die Gefühle der anderen?" frage ich.

Ich ziehe das Handtuch fest zu. Nicht, dass Dante etwas sehen könnte, aber jetzt, wo ein weiteres Mitglied der Ricci-Familie in meinem Schlafzimmer ist, bin ich noch verletzlicher und ungeschützter.

„Sir", sagt Moreno und räuspert sich.

Dante tritt einen Schritt vom Türrahmen zurück, den er bisher blockiert hat. „Ich will, dass die Stifte entfernt und die Tür abgenommen wird."

„Was?" Ich schnaufe. Er muss verrückt sein.

„Meine Frau denkt, sie kann mir Befehle geben", sagt Dante mit einem dunklen Lachen. „Es wird Zeit, dass sie lernt, was es heißt, mit einem Don verheiratet zu sein."

Ehefrau?

Verheiratet?

„Du bist wahnsinnig", sage ich. „Ich würde niemals ein Monster heiraten."

KAPITEL SIEBZEHN

DANTE

Ich hatte nicht vor, ihr von der Hochzeit zu erzählen, ohne mich mit ihr hinzusetzen, und schon gar nicht, wenn sie triefend nass ist und sich an ein Handtuch um ihren Körper klammerte.

Das Handtuch passte kaum um ihren süßen, kurvigen Körper.

Sie ärgert mich und wenn ich verärgert bin, neige ich dazu, um mich zu schlagen.

Schlechte Angewohnheiten sind schwer zu brechen.

Ich befehle Moreno, die Badezimmertür zu entfernen. Wenn sie so frech ist und mir die Tür vor der Nase zuschlägt, können wir zwei das Spiel spielen.

Außerdem muss Nikki wissen, wer hier das Sagen hat.

Und das ist nicht sie.

„Du bist wahnsinnig", schießt sie mir giftig entgegen. „Ich werde niemals ein Monster heiraten."

Sie hat nicht Unrecht aber ich lasse mich nicht von ihren Schimpfwörtern oder ihren Bevormundungen einschüchtern.

Nikki ist hart, das muss sie auch sein, wer bei so einem Vater wie Gino aufwächst. Wenn es nicht so wäre, würde ich denken, dass sie sich zurückhält.

„Glaubst du wirklich, dass du eine Wahl hast?" Ich trete auf sie zu und spüre das Knistern von Elektrizität zwischen uns in der Luft. Das Brummen vibriert und sie lehnt sich zu mir heran.

Ist ihr überhaupt klar, dass diese kleine Geste mir zeigt, dass sie mich will?

Sie öffnet den Mund, um etwas zu erwidern, macht ihn aber schnell wieder zu. „Wir bekommen ein gemeinsames Kind. Das heißt aber nicht, dass wir etwas sein müssen." Nikki gestikuliert zwischen uns. „Das, was wir in einer dummen Nacht hatten, ist vorbei. Es wird nie wieder passieren."

Das sagt sie jetzt, aber sie wird ihre Meinung ändern.

Ich kann es an den bernsteinfarbenen Edelsteinen sehen, die jedes Mal funkeln, wenn sie mich ansieht. Ich bin mir sicher, dass ihr Puls in ihrem Nacken hämmert. Wahrscheinlich ist das nicht die einzige Stelle, an der er pocht.

Ich schaue an ihren Körper hinunter. Das verdammte Handtuch hält sie immer noch fest in ihrem Griff.

Nikki denkt, dass sie diese Runde gewonnen hat, als ich einen Schritt zurück ins Schlafzimmer gehe.

Mein Herz rast jedes Mal, wenn ich sie wegschaue. Leidenschaft ist keine Liebe. Ich mache mir keine Illusionen, dass ich jemals jemanden lieben könnte.

Aber das heißt nicht, dass ich kein Mann bin, der von Begierde getrieben wird.

„Ihre Tür, entfernen aber sofort", sage ich und zeige auf die Badezimmertür. Das ist keine Frage. Moreno nimmt meinen Befehle entgegen.

Moreno nickt zustimmend. „Schon dabei, Chef", sagt er und eilt aus dem Schlafzimmer, um einen Hammer und einen großen Schraubenzieher zu holen.

Nikki rennt so schnell sie kann an mir vorbei. Ich packe ihr Handgelenk und drücke sie gegen die Wand.

Mit der einen Hand halte ich ihr Handtuch fest und mit der anderen halte ich sie über ihrem Kopf fest, sodass sie zwischen der Wand und mir eingeklemmt ist.

„Dante, was machst du da?", flüstert sie und starrt zu mir hoch.

Ihre Lippen öffnen sich und sie stößt einen leisen Atemzug aus, der mich ihr näher bringt.

Ich schwöre, ich höre sie schnurren.

„Ich beanspruche dich, Kätzchen", sage ich. „Von diesem Tag an, bis das Baby geboren ist, wirst du hier unter meinem Schutz stehen."

Nikki wehrt sich gegen meinen Griff und kämpft gegen mich.

„Du wirst dieses Baby niemals bekommen - mein Baby", knurrt sie mich an.

„Ist das so?" Ich starre auf sie herab. Sie weiß nicht, was ich alles getan habe, um sie zu retten und ihre Sicherheit zu erkaufen.

Selbst wenn ich sie gehen lassen wollte, jetzt, wo sie schwanger ist, kann ich das nicht mehr.

In Nikki wächst der Erben des Ricci-Throns, wenn es ein Junge ist. Wenn es ein Mädchen wird, ist sie trotzdem mein Fleisch und Blut. Ich werde keinem von ihnen den Namen Ricci verweigern.

„Du kannst mich nicht gegen meinen Willen hier festhalten", sagt Nikki.

„Es ist zu deiner Sicherheit. Außerdem hast du deine Schuld noch nicht beglichen."

Die Farbe verschwindet aus ihrem Gesicht. Ihre Augen weiten sich und funkeln. „Was das angeht", sagt Nikki. „Ich kann das erklären."

„Lass es. Jeder, der einen Ricci bestiehlt, endet tot durch meine Hand oder mit ein paar abgeschnittenen Fingern."

Sie schluckt nervös, ihr Kiefer ist angespannt. Nikki wehrt sich nicht mehr gegen mich, was mir die Gelegenheit gibt, ihre andere Hand an die Wand über ihrem Kopf zu bringen.

„Dante", flüstert sie und zieht die Stirn zusammen, während ihr Handtuch zu Boden fällt.

Ich sollte mich zurückhalten, bevor ich die Kontrolle verliere. Moreno wird jeden Moment zurückkommen, nicht dass es mich interessiert würde, was er sieht.

Meine Lippen legen sich auf Nikkis Hals und sie gibt ein leises Schnurren von sich.

Es wird noch lauter, als meine sanften Küsse sie erregen.

Ja, das war definitiv ein Schnurren. Sie stöhnt und schiebt ihre Beine ein wenig auseinander. Sie ist nicht mehr abweisend, sondern hält mich auf Armeslänge fest.

„Wir werden nie mehr als Co-Eltern sein", sage ich und ahme ihre Wünsche nach.

„Hm, ja, das stimmt", murmelt Nikki zustimmend.

Ich küsse einen warmen Weg über ihren Hals und hinunter zu ihrer Brust. Mit einer Hand halte ich ihre Hände über ihrem Kopf fest. Mit der anderen lasse ich meine Finger über ihren Kopf wandern und reize ihre Brustwarze, bevor ich mich herunterbeuge, um an ihr zu saugen, sie zu schmecken, zu küssen und zu lecken.

Sie neigt ihr Kopf nach hinten und ihre Augen sind zugekniffen.

Sie genießt es fast genauso sehr wie ich.

„Du wirst mir gehören", sage ich und lasse meine Finger über ihren Bauch gleiten.

Ihre Hüften wippen nach vorn. Es ist offensichtlich, was sie will, soll ich es ihr geben?

Sie stöhnt und ihr Atem wird tiefer, als meine Finger ihre Hüfte streicheln. Alles, was ich tue, ist, sie necken, meine Berührung wandern lassen um sie zu erregen.

„Sag es", befehle ich.

Sie ist einen kurzen Moment still. Ich glaube, es ist das erste Mal, dass ich sie sprachlos gemacht habe. „Was sagen?", fragt sie.

„Dass ich mit dir machen kann, was ich will."

Ihre Augen öffnen sich träge. Sie atmet schwer und heftig. Ihre Wangen sind gerötet und die gleiche Röte hat sich auch auf ihrer Brust ausgebreitet. „Nein", keucht sie. „Niemals."

Ich löse meinen Griff, gehe einen Schritt zurück und verlasse ihr Schlafzimmer. Ich mache die Tür mit einem lauten Knall hinter mir zu.

Moreno steht draußen im Korridor. Mit seinem Werkzeug in der Hand wartet er offensichtlich darauf, hineinzugehen. „Ich habe nur eine Minute gebraucht, um den Hammer zu finden", sagt er und verzieht das Gesicht zu einem Grinsen.

„Warte bis morgen", sage ich. „Niemand betritt vor morgen früh diesen Raum." Ich hole den Schlüssel aus meiner Tasche und schließe die Schlafzimmertür ab, um sicherzustellen, dass sie nicht entkommen kann.

Sie ist mit meinem Kind schwanger. Sie hat keine Chance, hier herauszukommen, ohne dass einer meiner Männer oder ich an ihrer Seite sind. Ich kann nicht riskieren, dass sie in eine Klinik rennt und unser kleines Problem beheben lässt.

Nikki bekommt das Baby, und wenn sie keine Mutter sein will, kann sie gehen, sobald mein Kind geboren ist.

KAPITEL ACHTZEHN

NICOLE

Was zum Teufel war das? Warum habe ich mich von ihm verführen lassen? Das müssen die Hormone sein. Aber ich bin doch erst ein paar Wochen schwanger.

Ist das überhaupt möglich?

Ich hole ein frisches und sauberes schwarzes T-Shirt hervor, das mir bis über die Oberschenkel reicht. Es ist lang genug, um meinen Po und meinen Intimbereich zu bedecken. Ich kuschle mich unter die Bettdecke und schlafe eine gefühlte Woche lang.

Am Morgen weckt mich Moreno und besteht darauf, dass ich aufstehe und meinen Tag beginne.

„Geh weg", murmle ich, als er an meinem Bett steht.

„Es ist Mittag, du hast den Tag schon verschlafen", sagt Moreno. Er reißt die Vorhänge auf und das Sonnenlicht strömt ins Zimmer.

Ich schütze meine Augen mit meinem Arm.

„Ich habe dir Kleidung mitgebracht, und wenn du angezogen bist, kannst du mit mir nach unten in die Küche kommen.

Ich setze mich im Bett auf und ziehe die Decke um meine Taille. „Lässt du mich aus diesem Zimmer raus?" frage ich. Nach der letzten Nacht war ich mir sicher, dass Dante mich niemals gehen lassen würde, dass ich für immer in seinem Haus eingesperrt sein werde.

„Du kannst zum Frühstück herunterkommen, ja." Moreno deutet auf die Einkaufstüten auf dem Boden neben der Kommode. „Ich war mir nicht sicher, welche Größe du hast, also habe ich heute Morgen von allem etwas gekauft."

Es gibt Dutzende von Einkaufstüten, die bis zum Rand mit neuen Kleidern gefüllt sind und aus denen die Preisschilder herausragen. Die Klamotten stammen aus verschiedenen Geschäften, jede Tüte aus einem anderen Laden, von denen sich keines in Breckenridge befindet.

Er muss schon früh losgezogen sein und hat mit dem Einkaufen begonnen, sobald die Läden öffneten.

„Du hast nicht gescherzt", sage ich.

Ich zögere, aus dem Bett zu klettern, bis er das Zimmer verlässt. Ich habe keine Hose an, geschweige denn ein Höschen. Das Shirt bedeckt mich zwar, aber das reicht mir nicht.

Moreno lächelt. Spürt er mein Zögern? „Wie wäre es, wenn ich dir ein paar Minuten Zeit gebe, um die Sachen durchzusehen, und dann zurückkomme, um dich nach unten in die Küche zu führen?"

„Ich kann dich unten treffen", sage ich. Obwohl ich nicht weiß, wo die Küche ist, bin ich mir sicher, dass ich sie finden werde.

Moreno nickt knapp. „Ich warte vor deiner Tür." Er geht aus dem Zimmer und schließt die Tür hinter sich.

Ich nehme an, er traut mir nicht.

Warum sollte er auch?

Nachdem ich ein paar Sekunden allein bin, klettere ich aus dem Bett und schlendere zur Kommode, an der mehrere große Taschen mit gefalteten und geordneten Kleidern stehen.

Ich reibe mir den Schlaf aus den Augen, drehe die Plastiktüten um und lasse die Kleidung auf den Boden fallen. Ich schnappe mir eine Jeans in meiner Größe und ein T-Shirt, sowie einen Slip und einen BH.

Mein Magen flattert, weil ich weiß, dass Moreno mir Unterwäsche gekauft hat. Die meisten Kleidungsstücke sind vernünftig, aber die BHs und Höschen sind kein bisschen schlicht oder altmodisch. Es gibt sie in verschiedenen Farben, Größen und Stilen. Alles von Tangas und Bikinihöschen über Push-up-BHs bis zu durchsichtigen Spitzen-Cups von den besten Designern.

Dante hat definitiv Geld.

Ich vergeude keine Zeit damit, mich anzuziehen und fahre mit den Fingern durch mein verfilztes Haar. Das muss genügen. Ich gehe zur Tür und drehe den Griff und bin überrascht, dass sie nicht verschlossen ist.

Moreno steht auf der gegenüberliegenden Seite und wartet auf mich.

„Hast du Hunger?", fragt er.

Der Gedanke an Essen erregt mich nicht, aber ich habe auch seit Tagen nichts mehr gegessen. Sollte ich nicht hungrig sein?

„Komm mit mir", sagt er, als ich nicht antworte.

Ich folge ihm den Flur hinunter und dann die Treppe hinauf in den ersten Stock. Wir gehen durch das Innere des Hauses, bis wir die Küche erreichen.

Dort gibt es einen hohen Tisch mit vier Stühlen. Es sitzt noch niemand, aber ein Teller mit Essen, ein Glas Milch, Wasser und Orangensaft stehen schon an dem Sitzplatz.

„Kein elegantes Esszimmer?" Ich scherze.

„Ich dachte, hier ist es vielleicht etwas gemütlicher und vertrauter", sagt Moreno.

Hat er vergessen, dass ich mit Gino DeLuca aufgewachsen bin? Er weiß doch, wer mein Vater ist, oder?

„Wird sich jemand zu uns gesellen?", frage ich.

Was ich wirklich wissen will, ist, ob Dante mit mir frühstücken wird oder ob er mir aus dem Weg geht.

„Nein, Dante ist die nächsten Tage auf Geschäftsreise."

„Oh", sage ich. Ich bin mir nicht sicher, warum mich das interessiert. Ich sollte erleichtert sein, dass ich ihn nicht sehen muss. Sich nicht mit ihm herumschlagen zu müssen, klingt ziemlich angenehm.

Moreno scheint nett und freundlich zu sein und vielleicht kann ich ihn überzeugen, mich aus meiner Gefangenschaft bei Dante zu befreien.

„Scheint alles nach deinem Geschmack zu sein?", fragt Moreno.

Er ist förmlich, viel förmlicher als die Männer, mit denen Papa zu tun hatte. Moreno hat freundliche Augen und ein warmes Lächeln, aber ich weiß, dass er hinter seiner Fassade ohne zu zögern einen Menschen ermorden würde.

„Ja, ich bin nur nicht so hungrig." Ich klettere auf den Stuhl und setze mich vor die riesigen Mengen an Essen.

Es fühlt sich falsch an, das alles zu haben, während die anderen Mädchen hungern müssen. Was ist mit ihnen passiert? Ist das der Grund, warum Dante weg ist?

Schnappt er sich die nächste Ausreißerin oder füllt er sein Lager mit Mädchen, die versteigert werden sollen?

Ich schiebe den Teller weg. „Ich bin nicht hungrig", sage ich.

Mein Appetit ist mir schon lange vergangen.

„Du musst frühstücken. Wenn nicht für dich, dann für das Baby, das du in dir trägst", sagt Moreno. Seine

Stimme ist sanft und doch fest. Ich schätze, wenn Dante hier wäre, würde er mich zum Essen zwingen.

Ich sollte dankbar sein, dass er geschäftlich unterwegs ist, aber ein kleiner Teil von mir ist traurig, ihn nicht zu sehen.

Er entfacht ein Feuer in meiner Seele. Ich bin mir nicht sicher, ob ich ihn hassen oder dankbar sein soll, dass er mich von Diamond und den anderen Männern weggeholt hat, die sich leicht an mir hätten vergreifen können.

Ich seufze und greife nach dem Glas mit dem Saft. „Darf ich dich etwas fragen?" Ich werfe einen Blick auf Moreno.

Er steht als Wache an der Tür. Ich bin mir nicht sicher, worauf er wartet. Hat er Angst, dass er mich verfolgen muss, wenn ich weglaufe? Sein Chef wäre wahrscheinlich nicht sehr glücklich, wenn ich entkommen würde.

Moreno zuckt mit den Schultern.

„Wie viele andere Mädchen hat Dante hierher gebracht? Wie viele Frauen hat er eingesperrt?" frage ich. Ich bin mir ehrlich gesagt nicht sicher, ob ich die Antwort wissen will, aber dann könnte ich mich wenigstens mit meinem Schicksal abfinden.

Es hört sich nicht so an, als hätte er noch andere Kinder, und wenn das der Fall wäre, hätte Dante wenigstens einen Grund, mich in seiner Nähe zu behalten und mich am Leben zu lassen.

Moreno räuspert sich. Er schiebt seine Füße ein wenig hin und her. Er sieht mehr als nur unbehaglich aus. Er scheint regelrecht Angst zu haben, mir zu antworten.

Worauf habe ich mich da nur eingelassen?

KAPITEL NEUNZEHN

DANTE

Nikki zu meiden ist nicht schwer, vor allem, wenn ich mich um das Geschäftliche kümmern muss. Ich muss immer das Gefühl haben, über alles die Kontrolle zu haben, und die Tatsache, dass sie mein Kind bekommt, verunsichert mich.

Auch bei ihr.

Dass Nikki schwanger ist, hat meinen Plan zerstört. Ich hatte vor, sie in einen Bus zu setzen, ihr hundert Dollar zu geben und auf die Reise zu schicken.

Das war mein Plan.

Der Plan hat sich geändert.

Als ich auf den blöden Schwangerschaftstest starrte, wurde mir eines klar: Ich kann sie nicht gehen lassen.

Ich verbringe vier Tage in Chicago und schlage mich mit den Russen herum. Als ich nach Hause komme, gehe ich sofort unter die Dusche.

Ich fühle mich wie der Dreck, mit dem ich mich herumgetrieben habe.

Gino ist der Feind, den ich kenne. Der Mann ist nicht im geringsten spontan. Er wird weiter mit Mädchen handeln, bis er tot ist, und selbst dann bin ich mir nicht sicher, ob ich ihn aufhalten kann. Es gibt zu viele Köpfe, die zu Fall gebracht werden müssen, zu viele Männer, die gerne auf seinem Thron sitzen würden.

Die Sache ist die, dass Betrug nicht einfach zu verhandeln ist. Das weiß ich.

Und Gino weiß das auch.

Ich bin kein Idiot. Wenn ich einen meiner eigenen Männer undercover schicke, wird mein Mann getötet.

Jemanden aus Breckenridge zu schicken, wäre ein Selbstmordkommando.

Unsere Stadt ist zu klein.

Die Russen und ich haben eine Vereinbarung getroffen, dass wir uns gegenseitig nicht in die Quere kommen, und wir sind bereit, einander zu helfen, wenn es absolut notwendig ist: auf Leben und Tod.

Ich habe sie um Hilfe gebeten. Ich warte immer noch auf ihre Antwort.

Ihr Imperium ist darauf aufgebaut, Organisationen zu infiltrieren, sich in Unternehmen zu hacken und Geschäftsgeheimnisse zu erpressen.

Ich brauche ihr Wissen über das DeLuca-Imperium, um es zu Fall zu bringen. Egal, ob es darum geht, ihr Vermögen in Beschlag zu nehmen oder ihre Geheimnisse an das FBI weiterzugeben, um Gino und seine Männer zu vernichten - ich bin nicht bereit, mich mit den Russen anzulegen.

Schwer atmend schließe ich die Haustür hinter mir und stürme die Treppe hinauf, um zu duschen. Ich muss mich von dem Blut und dem Schweiß befreien, der an meiner Haut klebt.

In wenigen Minuten stehe ich unter der Brause und das heiße Wasser hinterlässt eine rote Spur auf meiner Haut. Ich sollte den Wasserhahn herunterdrehen, aber ich tue es nicht.

Ein kalter Luftzug fegt durch das Badezimmer, auf der gegenüberliegenden Seite des Glases bewegt sich etwas.

„Was immer es ist, Moreno, kann es nicht warten?" rufe ich und gehe davon aus, dass er der Arsch ist, der meine fünf Minuten für mich unterbricht. Wer sonst wäre so dumm, in mein Bad zu stürmen?

Ich brauche diese Zeit für mich, um mich zu entspannen.

Die Glastür gleitet auf.

„Nikki?" Ich blinzle zweimal und reibe mir das Wasser aus den Augen.

Wie zum Teufel ist sie aus ihrem Zimmer gekommen? Ich habe in den letzten Nächten im Hotel nicht viel geschlafen, aber das scheint nicht real zu sein.

„Dein blöder Bodyguard Moreno lässt mich nicht gehen", sagt Nikki. Ihre Wangen sind rot und ihre geschwollene Unterlippe steht hervor, während sie auf was genau wartet?

Ich werde nicht zulassen, dass sie sich mit meinem Kind davonmacht.

„Sieht so aus, als hättest du den Weg aus deinem Zimmer gefunden."

Ich weiß nicht, wie sie es geschafft hat. Hat sie das verdammte Schloss von innen geknackt oder hat der jüngere Wächter, Leone, vergessen, sie in ihrem Zimmer einzusperren? Er wird später für seinen Fehler gerügt.

„Und du musstest mich beim dusche unterbrechen, um mir das zu sagen?"

„Nein."

Ich bin es nicht gewohnt, in einer Kurve abgeworfen zu werden. Nicht auf diese Weise. Sie macht nicht die Regeln und spielt ihre Spielchen mit mir.

Ich bin derjenige, der das Sagen hat.

„Komm her", knurre ich und ziehe sie unter das heißeWasser.

Sie schreit auf und ich bin mir nicht sicher, ob es daran liegt, dass es zu unerwartet war oder, dass sie noch vollständig angezogen ist.

„Dante!" Ihr Kiefer bleibt offen stehen. Sie scheint verblüfft zu sein, dass ich sie gerade nass gemacht habe.

Nikki weiß nicht, was auf sie zukommt.

Wie nass ich sie machen werde.

„Was hast du denn erwartet?" Ich drücke sie mit dem Rücken gegen die kalte Badezimmerwand.

Sie zittert.

Meine Finger ziehen am Saum ihres weißen T-Shirts, das jetzt ihren lila BH enthüllt. Danke, Moreno!

Ich reiße ihr das Shirt vom Körper, zerreiße es in der Mitte und werfe die durchnässten Überreste auf den Boden, es bildet sich eine Pfütze.

„Was machst du..." Sie bringt ihren Satz nicht zu Ende.

Meine Finger sind bereits an den Knöpfen ihrer Jeans. Sie ist genauso durchnässt wie ihr Hemd, wenn nicht sogar noch mehr. Der Stoff klebt an ihr, als ich ihn herunterziehe, und sie schlüpft aus der nassen Jeans.

Ein weiteres Kleidungsstück liegt auf dem Boden.

Sie kaut auf ihrer Unterlippe und ich beuge mich vor, um ihren Mund zu schmecken und sie in mich aufzusaugen. Sie schmeckt wie Honig und Nektar, süß und verlockend.

Jeder Bissen fühlt sich nicht genug an.

Ich bin hungrig nach ihr.

Zwischen leidenschaftlichen Küssen ziehe ich das Band ihres BHs auf. Der lilafarbene Spitzensatin fällt ihr von die Schultern und sie streckt ihren Arm aus der Dusche, damit er auf den Boden fällt.

Nikki hält mich nicht auf und ich halte mich nicht zurück. Wenn sie das nicht will, wird sie es mir sagen. Das hat sie erst vor ein paar Nächten deutlich gemacht.

Ich sollte sie zum Betteln bringen.

Sie soll um meinen Schwanz in ihr betteln.

Ich knabbere an ihrer Unterlippe und sie lehnt sich an meinen Körper. Ihre Hüften wackeln. Sehnt sie sich genauso nach mir, wie ich mich nach ihr sehne?

Es gibt so viel, was ich sagen möchte, aber die Worte kommen mir nicht über die Lippen. Ich reiße ihr das dünne Höschen runter und höre ihr leises Keuchen, als ich mit meinem Schwanz ihren Eingang reize.

Sie stöhnt und ich fahre fort, sie zu necken.

Meine Lippen ziehen eine Spur aus warmen Küssen über ihren Hals und über ihr Schlüsselbein.

Nikki neigt ihren Kopf zur Seite, um mir Zugang zu gewähren und sich mir hinzugeben.

Ich lächle und freue mich, dass sie sich von mir in Trance versetzen lässt. Mein Herz hämmert in meiner Brust, während meine Zunge ihre Brüste neckt und saugt. Ich möchte jede Sekunde auskosten und ihr beweisen, dass sie hier bleiben soll und es nicht nur eine Verpflichtung ist.

Sie kann nicht gehen.

Ich werde es nicht zulassen.

Aber ich will, dass ihr Wunsch zu bleiben stärker ist als mein Bedürfnis, dass sie hier ist.

Mein Kopf ist benebelt, meine Gedanken entgleiten mir schnell. Ich lasse mich auf den Boden der Dusche fallen - das Wasser pocht gegen meinen Rücken.

Ich führe ihre Beine noch weiter auseinander und lecke ihren Schlitz. Sie zittert, und ich habe gerade erst angefangen.

„Noch nicht, Kätzchen", sage ich. „Du kommst, wenn ich es dir erlaube."

Sie wimmert aus Protest. Ihre Finger verheddern sich in meinem Haar.

„Dante", flüstert sie meinen Namen. Das klingt wie ein Geschenk des Himmels in meinen Ohren und lässt meinen Schwanz steif werden. Ich muss mich beherrschen, wenn ich will, dass das so bleibt, und das tue ich verzweifelt. Ich will, dass sie mehr von mir will, wenn wir fertig sind, und mich um Erlösung anfleht.

„Wann bist du das letzte Mal gekommen?", frage ich sie. Meine Zunge streift an ihrer Falte und ihrem Schlitz entlang. Ihre Nässe sickert heraus, ein stilles Eingeständnis ihrer Lust. Ich reize ihren Kitzler, indem ich ihn langsam mit meiner Zunge berühre und ihn zunächst kaum streife.

Sie antwortet mir nicht.

„War es bei mir?", frage ich. Meine Zunge streift höher und umkreist ihre kleine Perle.

Ihr Atem beschleunigt sich.

„Oder hast du dich selbst berührt?" Ich starre zu ihr hoch.

„Oh, Gott", stöhnt sie. Die Rötung von der Dusche ist nichts im Vergleich zu der Röte, die ihre Wangen befleckt.

Ich führe einen und dann zwei Finger in ihre Wärme.

„Hast du dich selbst berührt, seit du hier unter meinem Dach bist?", frage ich.

Ihre Augen fallen zu und sie krallt sich an meinen Fingern fest. „Sieh mich an", befehle ich.

Als sie nicht gehorcht, ziehe ich meine Finger zurück und entferne langsam meine Lippen von ihrem erhitzten Inneren.

Sie keucht und zittert und hat Mühe, aufzustehen. Ich schalte die Dusche ab, hebe sie über meine Schulter und trage sie in mein Schlafzimmer.

„Dante?"

„Du hast meine Frage nicht beantwortet", sage ich, während ich sie auf dem Bauch aufs Bett lege. Ich führe ihren Po in die Luft. „Auf allen Vieren."

Meine Finger streichen über ihren runden Po, bevor ich ihre Falten auseinanderziehe. „Willst du mich?" Ich beuge mich vor und mein Atem kitzelt ihr Ohr.

„Ja", flüstert sie. Ihre Antwort ist kratzig und behäbig Jeder Atemzug von Nikki ist schwer und ihr leises Keuchen geht schnell in ein Stöhnen über, als ich meinen Schwanz an ihrem Eingang positioniere.

„Sag mir, dass du willst, dass ich dich ficke." Es kostet mich jede Menge Selbstbeherrschung, mich nicht auf sie zu stürzen. Normalerweise würde ich ein Kondom nehmen, aber das scheint mir jetzt eine sinnlose Investition zu sein, da ich sie bereits geschwängert habe.

„Ja, ich will, dass du mich fickst", schnurrt sie.

Ihre Worte sind die perfekte süße Harmonie, die ich je gehört habe. Ich führe mich in ihre Enge ein und reize ihre Klitoris mit jedem Stoß.

Nikkis Kopf fällt nach vorn und ihr Rücken wölbt sich. Ich kann bereits spüren, wie sich ihr Orgasmus anbahnt, während sie gegen meinen Schwanz zittert.

„Noch nicht", warne ich und gleite aus ihr heraus.

Sie wimmert aus Protest und ich drehe sie um und werfe sie auf den Rücken. „Ich hoffe, du bist noch nicht fertig", sagt sie und starrt auf meinen steinharten Schwanz.

Ich lache leise vor mich hin.

Erledigt?

Nicht, bevor wir beide schreien.

Ich stoße in sie hinein, härter und tiefer. Ich ziehe ihre Beine an meine Schultern und ihr Inneres presst sich gegen mich.

„Bitte." Sie knabbert wieder an ihrer Unterlippe. Ihre Augen sind offen, aber sie sind winzige Schlitze, während sie darum kämpft, mich anzustarren.

„Du darfst kommen", befehle ich, während ich ihre Klitoris reibe und sie sich zusammenzieht und anspannt. Ihre Zehen krümmen sich und ihr Rücken wölbt sich von der Matratze.

Es kostet mich jedes Quäntchen Energie, noch ein paar Sekunden durchzuhalten, während ich das leise Keuchen und Stöhnen höre, als ihr Orgasmus ihren Körper überrollt.

Eins.

Zwei.

Noch drei Stöße und ich bin bei ihr, ergieße mich in ihr und vergrabe mich in ihrer Wärme.

Ich ziehe mich zurück, steige von der Matratze und gehe zurück ins Bad.

„Dante?" Ihre Stimme ist sanft und süß, wie ein verblasstes Flüstern.

„Geh schlafen", sage ich.

Sie klettert unter die Decke. Meine Decke.

Ich lasse nie jemand anderen in meinem Bett schlafen.

Ich schleiche ins Badezimmer und schließe die Tür.

Was habe ich nur getan?

Sie zu ficken, war nicht Teil der Gleichung.

Sie ist die Mutter meines Kindes. Aber eine Beziehung? Das könnte zu schnell kompliziert werden. Ich lehne mich an den Badezimmertisch. Wenn ich mein Spiegelbild betrachte, sehe ich meinen Vater, seinen Hass in meinen Augen.

Ich hasse ihn.

Und mich selbst hasse ich noch mehr.

Er war ein grausamer Mann, der unzählige Frauen in sein Bett gebracht hat. Es ist ein Wunder, dass ich sein einziges Kind bin. Ich hatte erwartet, irgendwo da draußen ein Halbgeschwisterchen zu finden, das darauf wartet, das Erbe unseres Vaters zu beanspruchen.

Das ist nie passiert.

Ich bin der Pechvogel, der einen Vater hat, der keinen Sohn haben wollte. Meine Mutter starb, als ich noch klein war. Ich hatte unzählige Kindermädchen, bis ich alt genug war, um ein Internat zu besuchen.

Ich werde mein eigen Fleisch und Blut nie wegschicken, aber ein Kind großziehen, was weiß ich schon darüber?

Es gibt Monster, die durch die Straßen streifen und meine Familie vernichten wollen. Wie soll ich mein Baby beschützen?

Ich schalte das Licht im Bad aus und ziehe mich ins Schlafzimmer zurück. Nikki schläft bereits tief und fest und schnarcht leise, vergraben unter meiner Decke.

Ich kann nicht mit ihr hier drinbleiben.

Ich korrigiere.

Das ist mein Zimmer.

Sie kann nicht bei mir hier drinbleiben.

Ich gehe zu meiner Kommode und ziehe mir ein paar Boxershorts an, bevor ich sie mit der Decke um sie herum in meine Arme hebe.

Sie rührt sich, aber sie wacht nicht ganz auf. Ihr Kopf räkelt sich wieder an meiner Brust. Wie kommt es, dass sie so friedlich und ruhig ist, ohne sich um etwas zu kümmern?

Nikki ist zäh. Trotz allem, was sie wegen ihres Vaters durchgemacht hat, lebt und atmet sie immer noch, lächelt und merkt nicht, was für ein Monster er ist.

Nun, ich bin mir nicht ganz sicher, ob ich sie lächeln gesehen habe, aber ich bin mir sicher, dass sie nicht die geringste Ahnung hat, dass er sie entführt hat.

Und ich bin das Arschloch, das ihr nicht die Wahrheit sagen darf.

Ich trage sie zurück in ihr Zimmer, lege sie unter die Bettdecke und ziehe die Decken um sie herum. Ich verzichte darauf, ihr einen Gutenachtkuss zu geben. Es ist nicht an mir, sie ins Bett zuschaffen . Noch nicht.

Ich ziehe mich mit meinen Decken zurück und schließe leise ihre Schlafzimmertür.

Ich habe mir geschworen, die Wahrheit vor ihr geheim zu halten, um sie zu schützen.

KAPITEL ZWANZIG

NICOLE

Ich rolle mich unter der Bettdecke herum und strecke meinen Arm aus, um das Bett neben mir leer vorzufinden.

Ist er in sein Büro gegangen? Oder zurück zur Arbeit?

Meine Augen flattern träge auf. Ich bin wieder in meinem Schlafzimmer.

Ich atme einen erschöpften Seufzer aus und schiebe mich aus dem Bett. Es ist bereits Morgen und die Sonne scheint hell.

Das passt nicht zu meiner Stimmung. Es sollten Gewitterwolken heranrollen und das Haus erschüttern.

Das Gelb der Sonne taucht das Schlafzimmer in ein fröhliches Licht.

Ich habe gestern Abend vor dem Schlafengehen die Vorhänge nicht zugezogen.

Offensichtlich hat Dante auch nicht daran gedacht, bevor er mich in mein Schlafzimmer gebracht hat.

Was zur Hölle?

War das alles, was ich für ihn war, ein Sexobjekt? Ein schneller Fick.

Er hatte mich bei dieser blöden Auktion gekauft. Ich war eine Gefangene auf seine Gnade hin. Ich schnappe mir das Kissen und werfe es quer durch den Raum.

Es fällt mit einem leisen Geräusch zu Boden, nicht einmal ein dumpfer Schlag.

Warum habe ich geglaubt, dass ich ihm noch etwas bedeute?

Er hatte mir klargemacht, dass ich ihm gehöre. Er hatte mich wie Eigentum gekauft, nachdem er mich entführt hat.

Dieser Bastard!

War das alles nur wegen seines blöden Trucks, den ich gestohlen habe?

Er weiß, dass mein Vater Don ist. Hat er keine Angst, dass Papa sich rächen könnte?

Ich kann immer noch nicht begreifen, warum Papa Dante mich mit nach Hause nehmen ließ.

Dante hat Papa wohl keine andere Wahl gelassen.

Ich muss ihm Zeit lassen. Papa wird eine Armee schicken, um Dante und seine Männer auszulöschen.

Aber wann?

Schon ist eine Woche vergangen und ich sitze immer noch hier fest und kann nicht weg.

Ein scharfes Klopfen und die Schlafzimmertür geht auf. Es ist einer derWachleute. „Du wirst in fünf Minuten unten erwartet", sagt er.

Erwartet? Jetzt gibt Dante mir schon Befehle?

„Oder was?", frage ich und ziehe die Decke fester um mich herum. Ich bin nackt unter der Bettdecke und möchte nicht, dass der Wachmann auf dumme Gedanken kommt. Er sieht kaum alt genug aus, um zu trinken. Aber mit Freunden wie Dante bekommt er sicher alles, was er will, auch Alkohol.

„Ist schon gut, Leone", sagt Dante zu dem Wachmann. Er geht an ihm vorbei und lädt sich selbst in mein Schlafzimmer ein. Dante ist komplett angezogen, mit einem teuren Anzug und glänzenden schwarzen Schuhen, die sein Ensemble vervollständigen.

Ich versuche, ihn nicht anzustarren. Aber es ist schwer, wenn diese Stimme in meinem Kopf mich ständig nervt.

Er hat dich verletzt. Er hat dich entführt. Erinnerst du dich? Falle nicht auf seinen Charme herein. Verliebe dich nicht in ihn.

„Wir frühstücken, bevor ich meinen Tag beginne."

Soll ich mich etwa geehrt fühlen, dass er mich einlädt, mit ihm zu frühstücken? Das ist mir scheißegal. „Ich habe keinen Hunger."

Ich drehe mich weg, um gegen seine Ankündigung zu protestieren. Vielleicht kapiert er es ja und lässt mich in Ruhe. Immerhin hat er das die letzte Nacht getan, als wir in seinem Bett waren.

Ich ziehe eine Grimasse, wenn ich an diesen Vorfall denke. Ich will weder an Sex noch an ihn denken. Jede Sekunde länger huscht der Gedanke durch meinen Kopf. Ich erinnere mich an seinen heißen, nackten Körper.

Nein.

Nein.

Nein.

Ich halte mir mental die Ohren zu und singe.

„Du hörst kein Wort von dem, was ich sage." Dante reißt die Decken von meinem nackten Körper.

„Du Mistkerl!", kreische ich und stürze mich auf die Decke, die er mir vom Bett gerissen hat. Er ist stärker und viel energischer als ich.

Ich schlage mit den Fäusten auf ihn ein, aber er packt meine Handgelenke und drückt mich mit dem Rücken gegen die Wand. Meine Brustwarzen werden durch die kühle Luft hart.

Wir beide sind allein, und ich bin nackt. Die Tür steht weit offen und jeder Fremde könnte hereinspazieren. Wenn Leone in der Nähe wäre, er gibt aber kein Zeichen seiner Anwesenheit von sich.

„Ich bin der Mistkerl?" Dante lacht. „Komisch, wenn man bedenkt, dass du gegen mich kämpfst, ich verteidige mich nur."

„Du bist unglaublich." Ich kann es nicht glauben, er verdreht die Tatsachen, als wäre ich der Bösewicht. „Du hast mich entführt. Du hast mich gezwungen, mit dir nach Hause zu gehen, und hast mich in deinem kostbaren Haus eingesperrt. Glaubst du wirklich, dass du der Held bist?"

Das Lächeln verschwindet aus Dantes Gesicht. Er lässt mich los, tritt einen Schritt zurück und streift seine Jacke ab, als hätte ich ihn mit Feuer beworfen.

Seine Augen flackern und verengen sich. Hinter diesen dunklen Augen steckt etwas, das mich so leicht in seinen Bann zieht.

Ich schiebe es auf die Hormone.

„Ich habe dich nur zum Frühstück eingeladen, weil du mein Kind trägst. Es war eine Gefälligkeit, die ich dir erwiesen habe. Es wird nicht wieder vorkommen. Eine Wache wird dir drei Mahlzeiten am Tag bringen", sagt Dante und macht auf dem Absatz kehrt.

Er ist unbarmherzig und schnell. Dante stürmt aus dem Schlafzimmer, knallt die Tür hinter sich zu und schließt sie ab.

Ich komme hier nie wieder raus.

KAPITEL EINUNDZWANZIG

DANTE

„Ich verlange Aufnahmen aus dem DeLuca-Haus", sage ich. Ich bin mit der Audioausrüstung nicht zufrieden. Ich brauche mehr, etwas, das ich gegen Gino verwenden kann, um ihn zu vernichten.

Aber wie?

Und was?

Ich sitze an meinem Schreibtisch und lasse mich in das mitternachtsschwarze Leder meines Sessels sinken. Ich streiche mit den Fingern über die Holzmaserung des Schreibtischs. Ich bin abgelenkt.

Nikki hat mich abgelenkt.

Wenn ich nicht aufpasse, könnte sie mich umbringen.

Deshalb habe ich ein Treffen mit Moreno einberufen. Ich benötige sein Fachwissen und muss eine Idee mit ihm besprechen. Ich vertraue ihm mehr als allen anderen, da er mir nicht nur den Rücken freihält, sondern mir auch sagt, wenn ich Mist baue oder falsch liege.

„Boss", sagt Moreno und räuspert sich. Er hat geredet, aber ich habe nicht zugehört.

Ich schaue zu ihm hoch. Es sind nur wir beide.

„Wir können Halsey reinschicken", sagt Moreno. „Er kennt den Grundriss des Hauses und war schon einmal drinnen und hat den Job erledigt. Außerdem ist Breckenridge klein und die Kabelfirma hat nicht so viele Servicetechniker. Gino wird es auffallen, wenn jeder Techniker, der zu seinem Haus kommt, italienischer Abstammung ist."

Verdammt.

Da hat er recht.

„Ich werde darüber nachdenken", sage ich.

Ich warte immer noch darauf, von den Russen zu hören.

Die DeLucas haben ihr eigenes, privates Sicherheitssystem. Wenn wir uns einhacken und aus der Ferne zugreifen können, muss ich nicht befürchten, meine Männer zu gefährden.

Es ist eine einfache Lösung, aber sie wird mich einen Gefallen kosten.

Ich reibe mir den Nacken. Ich bin müde. Ich habe nicht genug Schlaf bekommen. Ich hätte gedacht, dass es mir helfen würde, einzuschlafen, wenn ich Nikki zurück in ihr Schlafzimmer bringe. Das tat es aber nicht, stattdessen roch ich ihren Duft überall auf meinem Kissen und der Bettwäsche.

Ich muss die Bettwäsche wechseln und waschen lassen. Wird das ihren Geruch aus dem Zimmer vertreiben?

„Können wir über Nicole reden?", fragt Moreno.

Er würde sie nicht erwähnen, wenn ihn nicht etwas bedrücken würde. Er weiß, wann er den Mund halten muss, und es macht mir Sorgen, dass er das jetzt nicht tut.

„Was gibt es da zu besprechen? Wie du weißt, ist sie schwanger. Ich werde sie nicht einfach mit meinem Kind wegschicken um nie wieder von ihr hören."

Das steht nicht zur Diskussion.

Wenn Moreno denkt, dass es eine schlechte Idee ist, Nikki hierzubehalten, dann wird es ein böses

Erwachen geben. Sie wird nicht gehen, bevor ich sie nicht freigelassen habe.

„Sie glaubt, dass du der Bösewicht bist."

„Falls du es nicht mitbekommen hast, ich bin kein Heiliger."

Moreno rollt mit den Augen und lehnt sich in dem Stuhl mir gegenüber zurück. Der Stuhl hebt sich nur leicht vom Boden ab. „Ja, nun, meine Sorge ist, dass Gino einen Plan hat, den wir noch nicht kennen, und wenn er Nicole holt, wird sie bereit sein, mit ihm zu gehen und ihm alle deine Geheimnisse verraten."

Das habe ich mir schon überlegt. „Was glaubst du, warum ich sie in ihrem Zimmer gefangen halte?" Ich lasse sie nicht in die Nähe meines abgeschlossenen Büros oder meiner Männer. Eine Wache begleitet sie in die Küche, aber das ist der einzige Ort, an dem sie sich frei bewegen darf, außer, dass sie sich neulich nachts rausgeschlichen hat.

Das sollte nicht wieder vorkommen.

„Du kannst das nicht ewig machen", sagt Moreno.

Ich möchte ihm sagen, dass er mich das ausprobieren lassen soll, aber ich weiß, dass er recht hat. „Wenn das Baby kommt, wird es ein Kinderzimmer und ihr Schlafzimmer geben." Ich lächle zufrieden.

„Das Mädchen braucht Vitamin D. Licht. Sonnenschein. Du weißt schon, der riesige Ball am Himmel."

„Ich bin kein Idiot", sage ich. „Wenn sie weniger angriffslustig ist, kannst du sie im Garten herumlaufen lassen. Behalte sie aber immer im Auge. Und ich verstärke die Sicherheitsvorkehrungen hier. Wenn Gino erfährt, dass seine Tochter schwanger ist, wer weiß, was er tun wird.

„Du hast gesagt, er hat dir seinen Segen gegeben, seine Tochter zu heiraten. War das nicht der Fall?" fragt Moreno.

„Mehr oder weniger." Ich winke abweisend. Es kommt mir wie ein seltsamer Handel vor, aber ich will nicht zu viel über einen Mann nachdenken, der seine Tochter quält und foltert. Er ist krank.

„Wegen des Kinderzimmers, Chef. Willst du, dass ich ein Kinderbett und das Nötigste bestelle und ins Haus liefern lasse?"

Ich weiß nichts über Kinder. Ich bin überrascht, dass Moreno mehr weiß als ich, aber er hat zwei jüngere Geschwister. Ich bin ein Einzelkind.

„Ja. Ein Kinderbett wäre gut. Du kümmerst dich darum. Ich kümmere mich um Nikki."

„Wie willst du dich um sie kümmern?", fragt Moreno. Er hebt nur eine Augenbraue und schaut mich neugierig an. Ich weiß nicht, wie er das macht, ob er es überhaupt versucht.

„Ich werde sie daran erinnern, wer das Sagen hat. Sie hat so eine Art an sich, Moreno. Ich schwöre, sie versucht, mir unter die Haut zu gehen. Ich muss diese Entschlossenheit aus ihr herausbekommen."

„Sie ist kein Welpe, den du dressieren und mit dem du spielen kannst, wenn dir langweilig ist."

„Ist es nicht genau das, was sie ist? Mein Haustier."

Kätzchen.

KAPITEL ZWEIUNDZWANZIG

NICOLE

Er hatte nicht gelogen, als er mir sagte, dass ein Wächter mir drei Mahlzeiten am Tag bringen würde. An den meisten Tagen ist es der junge und möglicherweise beeinflussbare Leone.

Er scheint am leichtesten manipulierbar zu sein, aber ich habe noch nie versucht zu fliehen, wenn er mir mein Essen auf einem Silbertablett in mein Zimmer bringt.

Wohin sollte ich auch rennen?

Leone ist nicht der einzige Wächter.

Als ich in die Küche geführt wurde, habe ich bis zu fünf Männer gezählt, die leicht zu erkennen waren.

Draußen sind noch mehr, und vielleicht noch andere, die ich im Haus nicht gesehen habe.

Es ist schon fast eine Woche her und ich habe nicht das kleinste Wort oder den kleinsten Blick von Dante gesehen. Ich weiß nicht, ob er zu Hause ist und mir aus dem Weg geht oder ob er auf Geschäftsreise ist.

Was macht er noch, außer Mädchen zu entführen?

Ich setze mich an den Rand der Fensterbank. Die Plattform ist breit und ausreichend groß. Es könnte leicht ein Lesezimmer sein, wenn mein Zimmer mit Büchern gefüllt wäre. Ein Ort, an den ich meinen Gedanken nachgehen kann.

Ich kann mir nicht vorstellen, dass Dante viel oder überhaupt etwas liest. Er scheint nicht der Typ zu sein, der seine Nase in ein Buch steckt.

Ich vermisse die riesige Bibliothek zu Hause in Papas Haus. Dort gab es immer neue Bücher, die ich entdecken konnte, wenn mir langweilig war.

„Ich habe dir Essen mitgebracht", sagt Moreno.

Ich schaue von meinem Platz auf dem Fenstersims auf. Wenn, ich doch nur die verdammte Scheibe öffnen könnte. Meine Fingernägel fahren über den dicken Kleber, der sich mit der Fensterscheibe verbunden hat.

„Verschwende deine Energie nicht", sagt Moreno.

Ich lasse meine Hand auf meinen Schoß fallen. Er weiß nicht, was mir durch den Kopf geht.

„Du hast..." Meine Nase rümpft sich bei dem Geruch und ich renne ins Bad.

Die morgendliche Übelkeit kommt zu jeder Tageszeit, besonders, wenn mir Essen gebracht wird.

„Hirsch", antwortet Moreno aus dem Schlafzimmer.

Das Tablett klappert, als er es vermutlich auf den Tisch neben dem Fenster stellt.

Nachdem ich den Inhalt meines Magens geleert habe, spüle ich, wasche mir die Hände und gehe langsam zurück ins Schlafzimmer.

„Ich bin nicht hungrig", sage ich. Falls es nicht schon offensichtlich ist.

„Du hast heute kaum etwas gegessen", sagt Moreno.

Ich zucke nur mit den Schultern. Ein Kind in diese Welt zu setzen, scheint grausam zu sein. Ist es nicht besser, der Natur ihren Lauf zu lassen?

Der Gedanke treibt mir Tränen in die Augen, aber ich verdränge sie. Ich bin mir sicher, dass es die blöden Hormone sind, die meine Emotionen aufflammen lassen.

Dante hat mich schon seit Tagen nicht mehr gesehen. „Wo ist er?" frage ich.

Moreno wird mir wohl eher die Wahrheit sagen. Aus Leone habe ich nichts herausbekommen. Ich weiß aber nicht, ob er keine Antwort hat oder mir einfach nichts sagen will.

„Du solltest essen", sagt Moreno, „sonst muss ich es ihm sagen."

Gut.

„Ist das nötig, um seine Aufmerksamkeit zu bekommen?" Ich spotte leise und verschränke die Arme vor der Brust.

Ich habe genug von den Spielchen. Ich bin eine Gefangene, obwohl die Unterkunft schöner ist als das Lager, bin ich immer noch nicht frei.

Ich muss fliehen und die warme Sommerbrise auf meiner Haut spüren. Der Blick durch das Fenster in die Sonne hat nicht den gleichen Reiz.

Moreno starrt mich an. Seine Augen funkeln leicht. „Kann ich sonst noch etwas für dich tun? Irgendwelche Wünsche?"

Dantes Sekundant scheint sich mehr um mein Wohlbefinden zu kümmern als der Vater meines Kindes.

„Hole mir Dante."

Er stößt einen schweren Seufzer aus. „Ich lasse dich mit deinem Essen allein", sagt Moreno und ignoriert meine Bitte. Er zieht sich aus dem Schlafzimmer zurück und ich höre die Tür klicken und das Schloss einrasten.

———

Nachdem ich Moreno gesagt habe, er solle Dante holen, bin ich mir nicht sicher, was ich erwarte. Ich setze mich auf den Fenstersims und starre hinaus in den Hinterhof, der sich so weit erstreckt, wie ich sehen kann.

Ich nehme das Buttermesser von dem Tablett und löse den Kleber um das Fenster herum. Vielleicht gelingt mir die Flucht.

Ich bin gerade damit beschäftigt, die klebrigen Rückstände am Fenster zu entfernen, als Dante ins Zimmer stürmt.

Als Moreno eintritt, ohne zu klopfen, ist alles ruhig und gelassen. Nicht so bei Dante, er stürmt herein wie ein Wirbelsturm.

Meine Finger lassen das Messer fallen und es fällt laut klirrend auf den Boden, während ich mich schnell zurückziehe, um zu verbergen, was ich getan habe. Ich vermute, er weiß es bereits.

Ist das der Grund, warum er ausgerechnet jetzt kommt?

Gibt es Kameras in meinem Schlafzimmer?

Oder war es meine Bitte an Moreno, dass Dante mich besucht, die ihn in mein Zimmer donnern ließ?

Mein Mund ist trocken, ausgedörrt. Das Glas Wasser, was zu meinem Essen gehört, bleibt unangetastet.

„Ist es notwendig, dass ich dich füttere?", fragt Dante. Sein Gesicht zeigt keine Gefühlsregung, aber das passt nicht zu seinem Äußeren. Seine Hände sind an den Seiten zu Fäusten geballt.

Will er nicht mit mir sprechen? Ist es Moreno, der ihn gezwungen hat? Das scheint aber unwahrscheinlich zu sein.

Dante macht nichts, was er nicht will. Ein Vorteil, wenn man der Chef ist.

„Ich habe keinen Hunger", sage ich und schaue auf den Teller mit dem Essen, das jetzt sicher kalt geworden ist.

Er tritt weiter in den Raum und kommt näher an mich heran. Er sagt nichts zu dem Messer, das auf den

Boden geklirrt ist. Stattdessen bückt er sich und hebt es auf, ohne es mir vorzuenthalten.

„Was willst du essen?", fragt er.

„Ich habe dir gesagt. Ich bin nicht hungrig." Betrachte es als Hungerstreik. Nun, das und die morgendliche Übelkeit. Der Gedanke an Essen macht mich ganz krank.

„Keine Lust auf Süßes? Oder vielleicht hast du Lust auf einen salzigen Snack? Kann ich dir eine Tüte Kartoffelchips bringen? Ich bringe dir alles, was du willst."

Was für eine Frechheit von ihm! „Glaubst du wirklich, eine Tüte Chips macht die Tatsache weg, dass du mich in deinem Haus eingesperrt und meiner Freiheit beraubt hast?"

„Da draußen ist es nicht sicher für dich." Er deutet auf das Fenster. „Weißt du, was ich durchgemacht habe, um dich hierher zubringen?"

Es gefällt mir nicht, dass er so nah an mir dran ist. Ich benötige Platz zum Atmen. Ich weiche vom Sims zurück.

Meine Füße bewegen sich nervös. Sitzen ist keine Option.

„Das kann doch nicht so schwer gewesen sein", sage ich. „Deine Männer haben mich in ihr Auto gezwungen und mich entführt!" Wie kann er es wagen, das Opfer zu spielen, als hätte er nicht alles unter Kontrolle.

Mein Magen dreht sich um und ich bin mir sicher, dass mir jeden Moment wieder schlecht wird.

„Ich will, dass du gehst!" Ich zeige auf die Tür. „Geh!", schreie ich, aber er hört nicht auf mich.

Die Galle steigt mir in den Mund und ich eile ins Badezimmer, wo ich den Deckel der Toilette hochklappe.

Ich hätte ihn einfach oben lassen sollen. Ich verbringe mehr Zeit damit, meinen Kopf über die Porzellanschüssel zu beugen, als mit allem anderen in diesem Raum.

Ich erschrecke, als er mir eine Hand auf den Rücken legt.

Ich bin verschwitzt und eklig.

Ich spüle und wasche mir die Hände. „Willst du etwas für mich tun?"

Er starrt mich an.

„Hol mir Mundwasser."

KAPITEL DREIUNDZWANZIG

DANTE

Mir gefallen die Berichte nicht, die ich von Leone und Moreno höre, dass Nikki ihr Essen kaum angerührt hat.

Moreno hatte erwähnt, dass sie anscheinend unter morgendlicher Übelkeit leidet und deshalb wahrscheinlich nichts gegessen hat.

Ist es reiner Trotz?

Nein.

Wenn sie ins Bad eilt, kann man ihr nicht verübeln, dass ihr die Galle hochkommt.

Und irgendwie schafft sie es, einen Witz darüberzumachen, dass ich ihr Mundwasser holen soll.

Ich bücke mich und öffne den Schrank unter dem Waschbecken. Ich reiche ihr eine brandneue Flasche Mundwasser mit Minzgeschmack.

Sie schürzt die Lippen und verzieht das Gesicht. Offensichtlich ist sie nicht so begeistert, wie ich gedacht hätte.

Aber es war ja auch in dem Badezimmer, das für sie bestimmt war. Vielleicht sollte ich anfangen, auf Moreno zu hören und sie aus ihrem Schlafzimmer herauslassen, um ihr etwas mehr Spielraum zu geben.

Aber kann ich ihr trauen?

Sie reißt das Plastik auf und schüttet eine kleine Menge in einen Becher, der in die Spüle fällt.

„Sonst noch etwas? Suppe? Kekse? Heißer Tee?" schlage ich vor.

Zwischen uns lief es in letzter Zeit nicht so gut. Daran bin ich genauso schuld wie sie, aber das tut nichts zur Sache. Ich mache mir ehrlich gesagt Sorgen um sie. Ich mache mir auch Sorgen um das Baby, das sie in sich trägt, mein Kind.

„Wie ich schon sagte, ich habe keinen Hunger." Sie schiebt sich an mir vorbei und lässt sich auf die Matratze fallen. Es ist, als ob das Feuer in ihr erloschen wäre. Sie ist besiegt.

Ich bin es nicht gewohnt, sie so zu sehen.

Ich dachte, ihr mangelnder Hunger sei eher auf einen Streik zurückzuführen, aber wenn ich sie genauer ansehe, mache ich mir Sorgen.

Sie hat eine Menge Gewicht verloren. Müsste sie nicht etwas zunehmen?

„Ich bringe dich ins Krankenhaus. Bleib hier", sage ich und gehe auf den Flur, um Moreno zu suchen. Ich lasse ihn wissen, dass ich mir Sorgen um Nikkis Wohlergehen mache und dass er die Dinge im Auge behalten soll, während wir weg sind.

Er wird sich darum kümmern.

Moreno bringt meinen Truck nach vorn, der nach seiner Rückkehr frisch gewaschen und gewartet wurde. Er ist an der Seite geparkt, ohne dass er benutzt wurde.

Ich nehme Nikki in die Arme und trage sie die Treppe hinunter und zur Haustür hinaus.

Sie blinzelt in der Abendsonne, die zwar hell ist, aber nicht blendet. Ich sollte Morenos Rat befolgen und sie nach draußen lassen, aber es fällt mir schwer, ihr zu vertrauen. Wie kann ich das, wenn sie Ginos Tochter ist?

Jeden Moment könnte sie mich verraten.

Woher weiß ich, dass sie nicht nur ein Spitzel ist, um Informationen für die Familie DeLuca zu sammeln?

Daran habe ich auch schon gedacht. Warum sonst sollte er mir die Gelegenheit geben, seine Tochter zu heiraten? Nur weil er nicht will, dass sie weiß, dass er hinter ihrer Entführung steckt, ist das selbst für Gino weit hergeholt.

Mir dreht sich der Magen um bei dem bloßen Gedanken, dass Nikki mit mir spielt, um mein Zuhause zu zerstören. Das Büro ist verschlossen und die Geheimnisse, die mich zerstören könnten, liegen nicht offen herum, damit sie darüber stolpern kann.

Ich bin nicht leichtsinnig.

Alles, was ich tue, habe ich kalkuliert.

„Ich möchte nicht ins Krankenhaus", murmelt sie gegen meine Brust. Aber sie wehrt sich nicht gegen mich.

Ich setze sie sanft auf den Beifahrersitz des Trucks und sie stöhnt.

Weckt das die Erinnerungen in ihr daran, dass sie mein Fahrzeug gestohlen hat? Ich hoffe, sie hat ihre sture und rücksichtslose Ader genossen, denn was mich betrifft, ist es damit vorbei.

„Ich weiß, ich mache mir Sorgen um dich. Du kannst nichts bei dir behalten." Zumindest sollte sie einen Ultraschall machen lassen. Ich habe meine Pflichten vernachlässigt, und obwohl ich es zu schätzen wusste, dass unser Arzt in der Nacht, als sie bei mir ankam, so kurzfristig kommen konnte, ist er kein Geburtshelfer.

Ich möchte, dass sich nur der beste Arzt um mein Kind kümmert.

Und um Nikki.

———

Es ist keine schnelle Fahrt zum nächsten Krankenhaus auf der anderen Seite des Berges. Dort, wo wir leben, sind Rettungsflüge sehr häufig, weil es keine Krankenwagen gibt.

Für die meisten Verletzungen und Krankheiten haben wir einen örtlichen Arzt, Dr. Reiss, der eng mit der Familie zusammenarbeitet, aber er ist ein älterer Herr und ich bin mir nicht sicher, was er über die Geburt von Babys weiß. Er kann gut mit Nadel und Faden umgehen, Einschusslöcher flicken und Notoperationen durchführen.

Wir haben nicht viele Frauen im Haus und noch weniger schwangere Frauen.

Nikki ist die Erste.

Ich bin fest entschlossen, für Nikki einen Ultraschall zu bekommen, um die Gesundheit unseres kleinen Schatzes, der in ihr wächst, sicherzustellen. Ich muss wissen, dass es unserem Baby gut geht.

Ob sie es nun will oder nicht, dass ich sie in die Notaufnahme begleite ich bin an ihrer Seite, wie der liebevolle Vater, den man erwarten kann.

Auf dieser Seite des Berges bin ich kein bekanntes Gesicht. Ich gehe nicht ins Krankenhaus, wenn es nicht sein muss. Ich meide es um jeden Preis.

Nikki weiß nichts von den Risiken, die ich auf mich genommen habe, um sie hierherzubringen. Meine Feinde reichen weit über die Grenzen von Breckenridge hinaus, und ich bin ohne Wachen und Männer, die mir den Rücken freihalten.

Ich hätte einen der Soldaten mitnehmen sollen, um mir den Rücken zu stärken, aber jetzt ist es zu spät. Mein Fokus muss auf ihr liegen.

Sie liegt auf einem Krankenhausbett, einer kleinen weißen Liege, und hat eine Decke über sich gezogen. Die Krankenschwester füllt den Papierkram aus und notiert Informationen, während Nikki die Fragen der Krankenschwester bereitwillig beantwortet.

Ich habe Nikki noch nie so ruhig und freundlich erlebt.

Wird sie auch so mit unserem Baby umgehen?

Oder habe ich sie so weit gebracht gegen mich zu kämpfen ?

Das bezweifle ich.

Jedes Mal, wenn ich in der Notaufnahme hinter den weißen Türen stehe, scheint die Zeit stillzustehen. Normalerweise bin ich blutverschmiert und trage die Last des Lebens eines anderen an meinen Händen.

Diesmal sind es nicht meine Männer, die in Gefahr sind.

Ich drücke Nikkis Hand. Ihre Augen sind glasig, ihre Lippen trocken.

Eine Krankenschwester bringt ihr einen Becher mit Eiswürfeln, und sie nuckelt an einem nach dem anderen. Sie hat nicht viel gesagt, und ich weiche nicht von ihrer Seite.

Habe ich Angst, dass sie dem Krankenhauspersonal erzählt, dass ich sie gegen ihren Willen entführt habe?

Der Gedanke geht mir durch meinen Kopf. Ich lasse ihn nicht zu.

Die Technikerin bringt das Ultraschallgerät herüber.

„Wir werden jetzt den Herzschlag deines Babys abhören und ein paar Bilder machen. Bevor Nikki eine Frage beantworten kann, stellt die Technikerin eine andere.

„Haben sie das schon mal gemacht? Sind sie bereit?", fragt die junge Frau. Sie lächelt und ist für meinen Geschmack ein wenig zu aufgedreht.

Nikki muss das Gleiche denken, denn sie schaut mich mit verzweifelten Augen an. Will sie, dass ich die Frau zum Schweigen bringe?

Die einzige Art, die ich kenne, ist in einem Krankenhaus nicht angebracht.

Nikki hebt ihr Hemd hoch, und mir fällt ihr flacher Bauch auf. Sollte sie ihn zeigen? Ich weiß, dass es erst ein paar Wochen her ist, aber es gibt nicht die geringste Andeutung eines Bauches.

Die Technikerin trägt eine großzügige Menge durchsichtiges Gelee auf Nikkis Bauch auf, bevor sie den Zauberstab herunterdrückt und auf den Monitor schaut.

Ich sehe einen winzigen Fleck auf dem Monitor. Er ist kaum größer als eine Weintraube - das Pochen eines Pulses schallt durch den Lautsprecher.

Der Herzschlag unseres Babys.

Ich presse meine Lippen fest aufeinander.

Die Luft wird mir aus der Lunge gesaugt. Der Raum dreht sich.

Ich werde Vater.

„Wow", sagt Nikki. Sie drückt meine Hand, ihr Griff ist unübersehbar und fest. Furcht zieht über ihre Stirn.

Hat sie Angst vor mir oder davor, was dieses Baby bedeutet? Ihr Leben wird nie mehr dasselbe sein, und meines auch nicht.

Ich kann sie nicht länger als eine Gefangene behandeln.

Moreno hat recht. Ich muss ihr Sonnenlicht und Freiheit gönnen, auch wenn es nur ein Vorgeschmack ist.

Aber sie weiß nicht, wie sehr sie in Gefahr ist, nur meinetwegen.

KAPITEL VIERUNDZWANZIG

NICOLE

Auf der Heimfahrt ist es still. Ich starre aus dem Fenster des Trucks.

Dante hat nicht mehr als zwei Worte mit mir gewechselt, seit wir losgefahren sind.

Das war vor über einer Stunde.

Ich kann nicht sagen, ob er wütend ist oder nur in Gedanken versunken. Ich ruhe meine Augen aus und döse vor mich hin, bis wir wieder am Haus ankommen.

Draußen ist es dunkel und zum ersten Mal seit Tagen dreht sich mein Magen nicht um. Der Arzt hat mir ein Medikament verschrieben und mir im Krankenhaus eine Infusion gegeben. Das hat wahrscheinlich für den Moment geholfen.

Dante parkt den Truck vor dem Haus und eilt herbei, als ich die Tür öffne.

„Komm, ich helfe dir."

Seine Männer stehen bereits vor der Tür. Moreno öffnet den Vordereingang und Leone steht direkt neben ihm. Hinter ihm stehen zwei weitere Männer, die ich schon gelegentlich auf dem Gelände gesehen habe, aber ich kenne ihre Namen nicht.

Etwas ist passiert. Ich kann die Schwere in der Luft spüren.

Dante muss es auch spüren.

„Was ist los?", fragt er.

Moreno blickt mich an. Er zögert. Wird mein Vater kommen, um mich aus diesem Gefängnis zu befreien?

Warum hat es so lange gedauert? Ich hatte wirklich geglaubt, dass er schon früher kommen würde.

Ich lege eine Hand auf meinen Unterleib und gehe die Treppe hinauf. Ich kenne den Weg zu meinem Schlafzimmer. Ich benötige keine Eskorte.

Trotzdem spüre ich ihn auf meinen Fersen.

Dante ist mir gefolgt.

„Möchtest du mich in mein Zimmer einsperren?", scherze ich über meine Schulter. Ich habe genug von den Spielchen.

Ich werde ausbrechen. Es ist nur eine Frage der Zeit.

„Ich glaube nicht, dass das nötig ist", sagt er.

Ich bleibe vor meiner Zimmertür stehen und drehe mich zu ihm um. Sein Atem ist warm und es liegt eine deutliche Spannung in der Luft.

„Warum ist das so?" Ich sollte dankbar sein, dass er mich nicht in meinem Zimmer einsperrt, aber ich bin überrascht. Ich will wissen, warum sich sein Verhalten plötzlich geändert hat.

„Du willst nicht gehen."

Was macht ihn zuversichtlich, dass ich nicht bei der ersten Gelegenheit davonlaufe und ihn verrate?

„Du wirst mich nicht gehen lassen", entgegne ich. Wenn ich die Freiheit hätte zu gehen, würde ich es tun.

Er dreht die Klinke zu meinem Schlafzimmer und öffnet die Tür. Dante deutet mir an, einzutreten. Er schaltet das Deckenlicht ein und geht dann zum Nachttisch, um auch die kleine Lampe einzuschalten.

Mit einem Seufzer gehe ich ins Schlafzimmer. Ich bezweifle, dass er bleiben wird. Er bleibt nie. Normalerweise kommt er rein, antwortet mir schroff, wir streiten und dann geht er wieder.

Das ist das einzige Muster, das wir festgelegt haben. Warum sollte es heute Abend anders sein?

„Wie fühlst du dich?", fragt Dante. Seine Augen flackern. Ich weiß nicht, was er denkt,oder füht.

„Die Medizin hat geholfen." Ich zeige auf die Tür. „Ich habe mein Rezept in deinem Truck vergessen." Genau genommen hat er das Rezept und die Papiere im Truck gelassen. Dante hatte sie vom Arzt mitgenommen. Er hatte mir nicht erlaubt, mich selbst um alles zu kümmern.

„Einer meiner Männer wird dein Rezept abholen", sagt Dante. „In der Zwischenzeit solltest du dich etwas ausruhen, oder bist du hungrig? Ich könnte dir vom Koch etwas zu essen machen lassen."

Mir ist zwar nicht mehr übel, aber ich bin müde. „Schlafen klingt gut." Ich tapse zur Kommode und ziehe ein Tanktop und eine kurze Hose heraus, die ich im Bett tragen werde. In Zukunft werde ich neue Garderobe benötigen. „Dante?"

„Ja."

„Ich werde wieder neue Kleidung brauchen. Schon bald wird es auffallen, dass ich dicker werde." Ich hoffe, er lässt mich mit in die Läden gehen, auf den Markt, irgendwohin außerhalb des Hauses, in dem ich eingesperrt bin.

„Und wenn du das tust, sorge ich dafür, dass Moreno genug Kleidung für dich besorgt."

Ich atme schwer aus. „Das habe ich nicht gemeint." Er weiß, was ich gemeint habe. Das muss er auch. Dante ist kein Idiot. Ich vermute, dass er es vermeidet, mich gehen zu lassen. Hat er Angst, dass ich nicht zurückkomme?

Er sollte Angst haben.

„Darüber reden wir ein andermal", sagt Dante und räuspert sich. „Im Moment bist du nicht in der Lage, durch die Läden zu laufen. Du musst die Übelkeit in den Griff bekommen und mehr Kalorien zu dir nehmen. Wenn du nicht magst, was unser Koch zubereitet, kann ich ihn umbringen und jemand anderen für dich kochen lassen."

„Nein!" Ich keuche. Mir läuft das Wasser im Mund zusammen und ich erkenne das Lächeln in seinem Gesicht. „Du Mistkerl!" Ich schlage ihm auf den Arm. Ich kann seine Mätzchen nicht fassen.

Er verzieht das Gesicht zu einem Grinsen. „Ich habe dich."

„Du wirst mich nie haben, Dante", sage ich.

Seine Lippen sind fest zusammengepresst und seine Stirn ist in Falten gelegt, als er über meine Worte nachdenkt.

Er kann mich nicht haben, weil ich ihm nicht gehöre. Nicht, solange ich gezwungen bin, in seinem Haus zu leben, unter seinem Kommando, ohne einen Hauch von Freiheit.

Er kann meinen Körper besitzen, aber nicht mein Herz.

Dante geht an mir vorbei. Seine Hände ruhen auf meinen Hüften, während er mich dazu bringt, mich auf den Rand der Matratze zu setzen. „Nie ist eine lange Zeit", flüstert er.

Sein Atem ist warm und köstlich. Er jagt mir einen Schauer über den Rücken. Ich versuche, das Zittern zu verbergen, aber er lächelt wissend. Er ist stolz darauf, dass er mich mit einer so einfachen Berührung erregen kann.

Ich hasse ihn dafür. Ich hasse es, wie mein Körper mich betrügt. Ich möchte Dante hassen. Es wäre einfacher, ihn anzuschreien und ihm zu sagen, dass er ein Monster ist. Aber die Wahrheit ist, dass ich das nicht kann. Ich bin auf irgend eine Weise mit ihm verbunden, die tiefer geht, als ich zugeben möchte. Es ist nicht nur das Baby, das mich an ihn bindet.

Es ist mehr als das.

Die Sehnsucht nach etwas, was ich noch nie hatte, noch nie erlebt habe.

Ich kann es nicht erklären. Ich bin mir auch nicht sicher, ob ich es will. Es ist mir unangenehm, wie ein juckender Pullover, den ich am liebsten ausziehen und verbrennenmöchte.

„Du hättest mich heute vernichten können." Er streicht mir eine Haarsträhne hinters Ohr und neigt dann mein Kinn nach hinten, um seinem Blick zu begegnen.

Seine Augen glühen vor Verlangen und Not. Hunger. Begierde. Erregung.

Ich schlucke den Kloß in meinem Hals hinunter.

„Wie?" Ich habe nicht das Gefühl, dass ich auch nur eine Minute Macht hatte.

„Im Krankenhaus", sagt Dante. „Du hättest dir jede Menge Gründe einfallen lassen können, um mich nicht mit in den Raum zu lassen.

Er lehnt sich näher an mich heran, seine Stirn liegt auf meiner und ich stöhne leise in meinem Hals.

Ich hasse ihn dafür, dass er mich in sein Haus geschleppt hat und mich hier festhält, aber er war nicht unfreundlich. In seiner direkten Obhut werde ich besser behandelt als in den wenigen Tagen auf dem Gelände.

Es war nicht der richtige Zeitpunkt, um einer Krankenschwester zu sagen, dass ich gegen meinen Willen festgehalten werde.

Dante war immer an meiner Seite. Anhänglich. Liebevoll. Zärtlich. In Breckenridge ist er nicht mehr dieser Mann.

Das Krankenhauspersonal kennt ihn nicht so gut wie ich. Für sie ist er nur ein besorgter Vater. Für mich ist er mein Entführer, mein Peiniger und der Vater meines ungeborenen Kindes.

Zwei dieser Dinge kann ich nicht ändern. Bei dem Dritten werde ich auf jeden Fall dafür sorgen, dass er es nicht durchschaut.

Wenn er beginnt, mir zu vertrauen, dann werde ich das zu meinem Vorteil nutzen.

Dante wird niemals in die Nähe meines Kindes kommen.

KAPITEL FÜNFUNDZWANZIG

DANTE

Ich stecke Nikki unter die Decke ins Bett und schließe die Tür. Ich schließe sie nicht ein. Nicht heute Nacht.

Als ich auf den Flur trete, wartet Moreno auf mich.

„Wie schlimm ist es?", fragt Moreno.

„Dem Baby geht es gut. Diese Frage sollte ich dir stellen." Ich versuche, leise zu sein und mache eine Geste, dass wir das woanders besprechen.

Wir machen uns auf den Weg in mein Büro im Erdgeschoss. Ich dränge mich an Leone vorbei. „Stell dich vor Nicoles Tür", befehle ich. Auch wenn sie nicht in ihrem Zimmer eingesperrt ist, muss ich wissen, was sie tut. „Behalte sie im Auge, wenn sie nicht in ihrem Zimmer ist."

„Ja, Boss." Leone stapft die Treppe hinauf.

Moreno und ich gehen in mein Büro. Ich schließe die Tür auf, knipse das Licht an und schließe die Tür hinter uns wieder zu.

„Irgendwas?" Die Tatsache, dass alle Capos mitten in der Nacht bei mir zu Hause sind, sagt mir, dass sich etwas zusammenbraut, und Moreno Neuigkeiten für mich hat.

„Wir haben Augen und Ohren in der DeLuca-Villa", sagt Moreno. „Dein Besuch bei den Russen hat sich ausgezahlt."

Ich sollte erleichtert sein, aber der Stein in meinem Magen sinkt wie ein U-Boot.

„Wie hoch sind die Kosten?", frage ich. Sie müssen sich an Moreno gewandt haben, als sie mich im Krankenhaus nicht erreichen konnten.

„Sie wollen sich an unserem Waffengeschäft beteiligen. Zehn Prozent als stille Teilhaber."

„Scheiße!" Ich hätte das runtergehandelt, aber Moreno hatte die Befugnis, als Verhandler aufzutreten, als ich nicht erreichbar war.

Morenos Gesicht ist grimmig. „Das ist nicht der Grund, warum die Capos hier sind, Boss."

Ich atme schwer aus und spüre, wie sich die Last des Ärgers auf meine Schultern legt. „Wie schlimm ist es?"

Moreno fährt das Tablet hoch und öffnet eine bestimmte Datei. „Das wurde gegen Mitternacht aufgezeichnet."

Er reicht mir das Gerät und ich starre die Männer auf dem Bildschirm an. Ich erkenne sie. Gino ist auf der rechten Seite. Er spricht mit Vance und Rafael. Vance ist seine rechte Hand, genau wie Moreno für mich.

Das letzte Mal, als ich Rafael und Gino gesehen habe, war auf der Soiree. Ich bin mir nicht sicher, was ich zu sehen, und zu hören bekomme, als ich mich in meinen Schreibtischstuhl fallen lasse.

Das Tablet halte ich in meiner Hand.

„Wirst du mir jemals sagen, was du mit Nicole vorhast? Du würdest doch nicht zulassen, dass dieses Ungeziefer deine Tochter für Geld heiratet?", fragt Rafael.

„Das habe ich mich auch schon gefragt, Boss", sagt Vance.

„Diese verwöhnte Göre war genau wie ihre Mutter. Sie braucht ein oder zwei Lektionen in Demut, wenn du mich fragst. Sie zu entführen war genial, und noch besser ist, dass sie glaubt, Dante sei ihr Entführer." Ein breites Grinsen breitet sich auf seinem Gesicht aus. Seine Augen funkeln. „Es ging mir nie um mein Ziel. Es geht um meine Motivation, meine Täuschung, mein Verlangen zu zerstören."

„Zerstören. Wie?" fragt Vance.

„Tick-tack", sagt Gino kryptisch.

Ich halte das Video an. „Was verpasse ich?" Es gibt bereits Aufnahmen und Filmmaterialvon mehreren Stunden die zu sichten sind. Ich habe weder die Zeit noch die Energie, sie anzusehen. Das ist die Aufgabe meiner Männer.

„Schau weiter", sagt Moreno.

Ich bin mir nicht sicher, ob ich das kann. Jedes Mal, wenn ich Gino sehe, möchte ich das verdammte Video quer durch den Raum werfen.

Mit einem schweren Seufzer drücke ich auf „Fortsetzen".

„Tick-tack", wiederholt Gino.

„Die Maus hat die Zeit überzogen?" Rafael schüttelt den Kopf. „Ich versteh's nicht, Chef."

Ich auch nicht. Was habe ich verpasst? Ich höre mir die Nachricht an. Ich wartete darauf, zu verstehen, was sie bedeutete.

„Nicole wurde vergiftet", sagt Gino.

Vance zieht die Stirn in Falten und geht im Raum auf und ab. „Warum? Du konntest doch unmöglich wissen, dass Dante auftauchen und vorschlagen würde, deine Tochter zu kaufen."

„Natürlich nicht. Wir haben die Mädchen unter Drogen gesetzt, damit sie nicht so leicht kämpfen. Nicole hat eine höhere Dosis genommen, und als sie mit der letzten Ladung unterwegs war, haben wir ihr einen speziellen Cocktail untergemischt. Sie war in letzter Zeit ein Problem. Eines, das Disziplin braucht. Ich dachte, wenn sie erst einmal krank ist und auf dem Sterbebett liegt, würde sie merken, dass ich das Richtige für sie tue."

„Aber jetzt ist sie bei den Riccis", sagt Rafael. „Sollen wir sie entführen? Sie nach Hause bringen?"

„Nein. Wir werden ihr Blumen und unser Beileid schicken. Sie zeigt bereits Symptome, da bin ich mir sicher. In achtundvierzig Stunden wird sie tot sein."

Ich lege das Gerät auf den Schreibtisch. „Nikki stirbt?"

KAPITEL SECHSUNDZWANZIG

NICOLE

Das Schlafzimmer öffnet sich quietschend und weckt mich aus dem Schlummer. Ich drehe mich auf der Matratze um, meine Augen sind wund und trocken. Ich bin müde. Wer kommt denn da in mein Zimmer?

Schatten tanzen über seine verdunkelten Züge.

Diesen Körper würde ich überall wiedererkennen. Warum schleicht er sich in mein Zimmer?

„Dante?" Ich reibe mir den Schlaf aus den Augen. „Was machst du da?" Ich setze mich im Bett auf und ziehe die Decke fest um mich herum.

Er ist leise und schleicht sich an mich heran, als wäre ich seine Beute. Dante klettert auf das Bett, schwebt über mir und zwingt mich, wieder hinzulegen.

„Du—"

„Was?", frage ich. Das Glitzern der Traurigkeit in seinen Augen lässt meinen Magen umkippen.

Das Krankenhaus hatte mit einem Ultraschall bestätigt, dass das Baby gesund ist.

Hinter diesen dunklen Augen liegt etwas, das mein Herz schmerzen lässt, weil ich wissen möchte, was los ist.

Er beugt sich hinunter und seine Lippen küssen mich heiß und innig. Mit einer Hand greifen seine Finger in mein Haar und ziehen mich näher an sich heran, während er sich gegen mich presst und mich zwischen ihm und dem Bett einklemmt.

„Sag mir, was es ist", flüstere ich zwischen zwei Küssen.

Mein Körper reagiert sofort auf seine Berührungen, seine Wärme und sein Verlangen stacheln mich an. Ein Stöhnen entweicht meinen Lippen und er nimmt es als weitere Ermutigung, schiebt die Laken nach unten und hebt seine Hüften lange genug an, um mit mir unter die Decke zu klettern.

„Ich will dich", sagt Dante.

Er spreizt meine Hüften, schüttelt sein Hemd ab und zieht mir mein T-Shirt aus. Ich hebe meine Hüften, damit er meine Pyjamahose und mein Höschen herunterschieben kann. Es ist schwer, ihm etwas zu verweigern, wenn seine Küsse ein Feuer in mir entfachen.

Wahrscheinlich sind es die Hormone, die in meinem Körper wüten und mich nach seiner Berührung verlangen lassen.

Sein Atem bahnt sich einen Weg über meinen Nacken, und er knabbert an meiner Haut, um mich zu markieren.

Ich gehöre ihm.

Er will, dass alle wissen, dass ich ihm gehöre.

Ist das nicht der Grund, warum ich in diesem Haus eingesperrt bin?

„Dreh dich um", fordert er an meinem Ohr und dreht mich schnell um, wobei er seine Hände fest auf meine Hüften legt. „Auf alle viere."

Selbst beim Sex befiehlt er mit Autorität. Ein Schauer läuft mir über den Rücken, als ich auf die Knie krabble.

Er führt meine Beine weiter auseinander, und seine Berührung zwischen meinen Schenkeln lässt eine Welle der Hitze in mein Inneres steigen.

„Du bist feucht für mich. Gut, Kätzchen", flüstert er mir ins Ohr.

„Ja, Meister", sage ich und spiele die Rolle, die er von mir verlangt. Warum sonst gibt er mir einen Kosenamen und befiehlt mir, das zu tun, was er möchte?

Er belohnt mich. Dantes Finger gleiten zwischen meine Falten und umkreisen dann meinen Kitzler.

Ich wiege meine Hüften hin und her, während seine Finger den perfekten Druck auf meine schmerzende Perle ausüben.

„Ich weiß, dass du kommen willst", flüstert Dante mir ins Ohr.

Ich wimmere zustimmend. Er hat recht. Ich möchte die süße Erleichterung erleben, die er mir bieten kann. Wird er mich weiter necken oder mir geben, was ich will?

„Bitte", krächze ich. Ich will nicht betteln. Das wird als Nächstes kommen, wenn das Verlangen in mir aufflammt. Ich will spüren, wie er mich ausfüllt.

Ich greife hinter mich, aber er schlägt meine Hände weg und knabbert an meinem Hals. Sein Körper schmiegt sich an meinen und sein dicker, harter Schwanz stößt an meinen Eingang.

„Willst du, dass ich dich ficke, Kätzchen?", flüstert Dante mir ins Ohr.

„Ja."

Mein Inneres pocht und er hat noch nicht einmal meine warme, feuchte Mitte berührt. Er hat mich gereizt, seine Finger haben meinen Schlitz gestreift, aber mein Inneres verlangt nach mehr.

Das pulsierende Gefühl beginnt, und meine Zehen krümmen sich. Ich will seinen Schwanz in mir spüren.

Dante reizt mit der Spitze seines Schwanzes meinem Eingang und meine Hüften wippen, weil ich will, dass er in mich eindringt und mich fickt. Ich werde wahnsinnig vor Verlangen. Das Verlangen verwandelt sich in ein Bedürfnis.

„Bitte", flehe ich und ich spüre, wie sich sein Schwanz in meine Enge gräbt.

Ein Stöhnen entweicht meinen Lippen und meine Finger krallen sich in die zusammengeknüllten Laken, die auf dem Bett verheddert sind. Mein Kopf ist nach vorn gebeugt und hängt herunter, mein Rücken ist gekrümmt.

Bei jedem Stoß sehe ich Sterne. Meine Augen fallen zu.

Ich gebe es auf, zu versuchen, still zu sein. Ich weiß, dass wir nicht allein im Haus sind, und trotzdem ist es mir egal, wer uns hören kann.

Mein Stöhnen ist viel deutlicher und lauter, was Dante nur noch mehr zu ermutigen scheint.

Jeder Stoß wird intensiver, seine Bewegungen werden schneller, als er mein Stöhnen hört. „Nikki", stöhnt er, und mein Inneres krampft sich zusammen und pulsiert um ihn herum.

Nach ein paar weiteren Stößen zittere ich in seiner Umklammerung, und meine Zehen krümmen sich. Ich warte nicht auf ihn, denn die süße Erleichterung lässt mein Herz gegen meinen Brustkorb pochen, als ob es aus meiner Brust herausspringen würde.

Dante ist direkt bei mir und ergießt sich in mir, bevor er uns umdreht und auf der Matratze zusammensackt, wobei er mich neben sich zieht.

Ich hätte nie gedacht, dass er kuscheln möchte. Er zieht mich an sich, seine Finger streichen über meinen Rücken und meinen nackten Po.

Schweiß bedeckt meine Haut und die kühle Luft des Deckenventilators streichelt mich zusammen mit seiner Berührung. Ich möchte ihn fragen, was los ist, aber seine Berührung ist beruhigend und ich schlafe schnell ein. Zum ersten Mal seit Tagen fühle ich mich erleichtert, ruhig und friedlich. „Gute Nacht", murmle ich, bevor ich einschlafe.

KAPITEL SIEBENUNDZWANZIG

DANTE

Wie kann ich ihr die Wahrheit sagen? Ihre Hand liegt auf meiner Brust, ihr Atem geht langsam und gleichmäßig.

Sie ist eingeschlafen.

Ich ziehe die Decke um unsere nackten Körper herum hoch. Ich hatte nicht vor, in ihr Zimmer zu kommen, um mit ihr zu schlafen, aber wenn ich sie sehe und weiß, dass ihr Vater sie vergiftet hat, kann ich die Gefühle, die in mir aufsteigen, nicht ignorieren.

Ich sollte nichts für Nikki empfinden. Es ist gefährlich. Jemanden zu lieben, wird alles zerstören, was ich erreicht habe.

Und doch hat der Ultraschall heute Abend mein Herz gestohlen.

Sie bekommt mein Kind.

Ich kann das wachsende Gefühl in meiner Magengrube nicht ignorieren, das Gefühl, dass ich abgelenkt bin, wenn sie in meiner Nähe ist. Ich will nicht die Gedanken an eine Frau verlieren, die eigentlich mein Feind sein sollte.

Nikki ist nicht wie ihr Vater. Zumindest nicht, soweit ich das beurteilen kann.

Sie ist klug und gerissen, aber nicht rücksichtslos.

Es ist eine Erleichterung, ihren Atem an meiner Brust zu spüren, wenn sie schläft. Sie ist am Leben. Mein Baby ist am Leben. Aber wie lange noch? Was Gino gesagt hat, dass sie noch achtundvierzig Stunden zu leben hat. Wie kann das sein?

Ich möchte jemanden schlagen und schreien.

Nikki bewegt sich leicht, und mein Griff um sie wird fester. Ich will sie nie wieder loslassen.

Nie wieder.

Könnte sich Gino irren? Vielleicht ahnt er, dass wir mithören und gibt uns falsche Informationen? Wir haben nur Audioüberwachung in Ginos Büro. Er kann die Wanze nicht gefunden haben.

Soll ich Nikki zurück ins Krankenhaus bringen? Einmal dorthin zu gehen, war riskant. Zweimal ist tödlich. Wenn nicht für sie, dann für mich.

Es gibt Männer, die mich tot sehen wollen. In der nächstgelegenen Stadt aufzutauchen, wäre Selbstmord. Ich muss vorsichtig vorgehen.

„Dante?"

„Ich bin hier", flüstere ich und reibe ihr beruhigend den Rücken. Ich möchte sie wieder in den Schlaf wiegen. Kann ich so viel Glück haben?

Sie versucht, sich wegzudrehen und auf die Seite zu rollen, aber ich lasse sie nicht los. Mein Griff um ihre Taille wird fester.

„Mein Arm ist eingeschlafen", sagt sie und versucht, sich gegen mich zu drücken.

Widerwillig lockere ich meinen Griff, und sie rutscht von meinem Körper und rollt sich auf den Rücken. Ihre Finger streifen meine Hüfte, ihre Berührung ist sanft und lang anhaltend, selbst als ihre Finger über meinen Bauch gleiten und tiefer wandern.

Ich drücke ihre Hand auf meine Haut.

„Wenn du so weitermachst…"

„Wirst du was?", unterbricht sie mich. Ein breites Lächeln zeigt sich auf ihrem Gesicht.

Will sie mich verhöhnen?

„Was wird der große Don tun?" fragt Nikki.

Ja, sie will es wissen.

Warum bin ich überrascht?

Knurrend drücke ich sie gegen die Matratze und halte ihre Arme mit einer Hand über ihrem Kopf fest. Meine andere Hand streicht über ihre Hüften, während sie sich unter mir windet.

Ihre Bewegungen lassen meinen Schwanz hart werden.

Sie ist eine Verführerin und ich kann ihr das Vergnügen nicht verwehren.

An Schlaf ist für uns beide nicht mehr zu denken, als ich mich tief in ihrer Wärme vergrabe. Ihre Beine umschlingen mich und ziehen mich fester an sich.

Ich küsse ihre Lippen.

Ich brauche sie.

Will sie.

Sie ist meine eigene Art von Droge, und meine Lippen prallen hart auf ihre, meine Zunge dringt in ihren Mund.

Ihr Stöhnen ist leise. Ihre Hüften passen sich meinen Stößen an, ihr Rücken wölbt sich von der Matratze. Ihr Körper krallt sich an mir fest, ohne dass sie ihre Hände benutzen kann, und zieht mich fester an sich, weil sie verzweifelt nach Erlösung sucht.

„Dante", krächzt sie meinen Namen zwischen hitzigen Küssen, und ihr Inneres krampft sich zusammen, zittert und pulsiert.

Das ist genug, um mich mit ihr über den Rand zu treiben.

Fuck!

Nach Luft ringend, lasse ich mich auf das Bett fallen und rolle von ihrem Körper. Ich will sie und das Baby, das in ihr wächst, nicht zerquetschen.

Sie zu verlieren, kommt nicht infrage. Nicht jetzt. Niemals.

KAPITEL ACHTUNDZWANZIG

NICOLE

„Du bist noch da", flüstere ich. Dante hat sich neben mir zusammengerollt.

Ich hätte nicht erwartet, dass er die ganze Nacht in meinem Bett durchhält. Etwas ist über ihn gekommen. Ich bin mir nur nicht sicher, was es ist.

Es ist keine Überraschung, dass er Geheimnisse hat, aber er verschweigt mir etwas, was mir Sorgen bereitet.

„Das bin ich." Er presst seine Lippen fest aufeinander. „Wie geht es dir?"

Ein schwaches Lächeln kräuselt sich um meine Oberlippe. „Die Übelkeit scheint weg zu sein."

Ich weiß nicht, wie lange es anhalten wird, und das ist mir auch egal. Im Moment bin ich einfach nur dankbar, dass ich heute Morgen nicht mit dem Kopf über der Toilette hänge.

„Das ist gut."

Er sieht nicht gerade begeistert von meinen Neuigkeiten aus.

„Was ist es?" Ich muss ihn nicht besonders gut kennen, um zu merken, dass er viel um die Ohren hat, wobei ich nicht sagen kann, ob es sein Job, die Familie oder ich bin, der alles verkompliziert.

„Wir sollten uns anziehen, frühstücken und danach möchte ich, dass du für ein paar Minuten in mein Büro kommst. Ich möchte dir gern etwas zeigen."

Ich habe nicht die leiseste Ahnung, was er mir zeigen will, aber der Gedanke, der Enge meines Zimmers zu entkommen und dasHaus ein wenig mehr zu erkunden, klingt angenehm genug.

„Klar", sage ich. Ich ziehe die Laken um mich herum und klettere von der Matratze.

Es ist das erste Mal, dass ich Dante wirklich lächeln sehe, und er hat das schönste Grübchen auf seiner rechten Wange.

Ich finde ein T-Shirt und eine schwarze Yogahose, schnappe sie mir zusammen mit einem Höschen und gehe ins Bad.

Es gibt keine Tür. Nicht einmal ein Hauch von Privatsphäre, dank Dante und seiner Crew. „Stört es dich?", frage ich und gebe ihm ein Zeichen, sich umzudrehen oder zumindest so zu tun, als ob er nicht ins Bad starrt.

„Ja, es ist mein Haus." Er verschränkt die Arme vor der Brust und versucht nicht einmal, den Blick abzuwenden.

„Also, das ist mein Schlafzimmer. Falls du es vergessen haben solltest, du hast mich hier eingesperrt." Ich zeige auf die Tür. „Es ist Zeit für dich zu gehen, und wage es ja nicht, meine Laken mitzunehmen."

Dante steht auf.

Hört er mir zu? Das wäre das erste Mal.

„Ich sollte mich anziehen." Er bückt sich, schnappt sich seine Boxershorts vom Boden und zieht sie an, bevor er das Schlafzimmer verlässt.

Ich grummele leise vor mich hin und lasse das Bettlaken fallen.

Manchmal kann er solch ein Arsch sein.

Ich ziehe mich an und kämme mein Haar, bevor ich aus dem Schlafzimmer gehe. Ich drücke die die Türklinke herunter und strecke meinen Kopf heraus.

Dante wartet schon auf mich.

„Wo sind die Wachen?" frage ich.

Es ist unmöglich, dass er meine Tür unverschlossen lässt und keinen Sicherheitsdienst hat, der dafür sorgt, dass ich nicht versuche zu fliehen.

Aber mal ehrlich, wie weit könnte ich denn kommen? Außerhalb des Grundstücks gibt es Wachen und drinnen noch viel mehr. Und mit seinem Sicherheitssystem komme ich ohne Hilfe nirgendwo hin.

„Viel zu tun." Dante ist kryptisch wie immer.

Er begleitet mich in die Küche und ich setze mich, während er den Kühlschrank öffnet und ein paar Grundnahrungsmittel herausholt: Milch, Orangensaft und Kaffeesahne.

Er schenkt mir eine Tasse Kaffee ein.

Ich räuspere mich. „Hast du noch eine Tasse?" Ich werde sie mir selbst holen, wenn er nicht einwilligt.

Dante wirft einen Blick über seine Schulter auf mich. „Du bist schwanger."

„Ich bin nicht tot", bemerke ich und hüpfe aus dem Stuhl, um mich neben ihn an den Schrank zu stellen. Ich klappe die Schranktür auf und nehme einen Becher aus dem Regal. „Schenk mir eine Tasse ein." Das ist keine Frage.

„Anspruchsvoll, nicht wahr?" Dante lächelt, aber seine Augen sind nicht voller Heiterkeit. Da ist ein Hauch von Dunkelheit, aber ich muss erst noch herausbekommen, was in seinem Kopf vor sich geht.

Werde ich das jemals?

Dante gießt Kaffee in meinen Becher und ich trage das heiße Getränk zurück zum Tisch, um mich zu setzen.

„Du weißt schon, dass Koffein für eine schwangere Frau nicht gesund ist?"

„Gefangenschaft auch nicht, und das hat dich nicht davon abgehalten, mich unter deinem Dach gefangen zuhalten." Ich ignoriere seinen finsteren Blick und greife nach der Sahne und dem Zucker, um meinen Kaffee so zuzubereiten, wie ich ihn gerne trinke. Süß und nicht im Geringsten bitter.

Dante nimmt einen Klecks Sahne, aber keinen Zucker. Für mich sieht er immer noch schwarz aus.

Er hat noch nicht auf meine Bemerkung geantwortet, dass ich seine Gefangene bin.

Was gibt es da zu sagen? Es ist wahr, und er weiß es.

————

Das Frühstück ist bestenfalls peinlich. Ich glaube nicht, dass wir seit letzter Nacht auch nur annähernd so viel Zeit miteinander verbracht haben wie jetzt.

Vielleicht ist nicht das Frühstück peinlich, sondern die Tatsache, dass wir letzte Nacht zweimal Sex hatten.

Ich bereue es nicht, er aber schon? Aber warum hat er mich sonst gekauft und mit nach Hause gebracht? Dafür hat er mich doch gekauft? Ich kaue auf meinerUnterlippe herum, als er mich in sein Büro führt.

Ich bin mir nicht sicher, was mich erwartet, und warum er mich in sein privates, abgeschlossenes Zimmer führt. Erwartet er eine weitere Runde, um seine Bedürfnisse zu befriedigen?

„Was machen wir hier?", frage ich, als er die Milchglastür zu seinem Büro aufschließt. Es ist unmöglich, etwas zu sehen, bis er die Tür öffnet und mich hereinwinkt.

„Ich möchte, dass du etwas siehst."

Verdammt, ist er so kryptisch? Ich presse die Lippen zusammen und trete ein. Ich bin bereits seine

Gefangene. Wenn ich seine Befehle nicht befolge, wird er mich wahrscheinlich auf den Arm nehmen und in sein Büro tragen.

Der Gedanke ist verlockend, aber ich habe keine Lust, mich von einem Mann abfertigen zu lassen.

In seinem Büro stehen ein dunkler Mahagonischreibtisch und ein schwarzer Ledersessel. Gegenüber steht ein Stuhl für einen Gast, aber der sieht kaum abgenutzt aus. Er bekommt wahrscheinlich nicht viele Besucher.

Die Wände sind in einem matten Grau gehalten, das über Holzbretter gestrichen ist, die den Raum erhellen, der keine Fenster hat. In seinem Büro gibt es noch eine Holztür mit einem weiteren Schloss an der Klinke.

Ich kann nicht anders, als mich zu fragen, welche Geheimnisse er hinter dieser Tür verbirgt.

Dante tritt hinter seinen Schreibtisch, schließt die Schublade auf und öffnet sie. Er holt ein Tablet heraus. Er tippt auf den Bildschirm, entsperrt es und öffnet die App, die er mir offenbar zeigen will.

Was könnte er mir wohl zeigen wollen?

„Du solltest dich hinsetzen", sagt Dante und deutet auf den Gästestuhl gegenüber von seinem Schreibtisch.

Ich würde lieber stehen, aber die Dunkelheit in seinem Blick ist wieder da, und ich lasse mich wortlos auf den Stuhl sinken.

Er drückt auf „Play" und reicht mir das Tablet, um ein Video von meinem Papa, Rafael und Vance in Papas Büro anzusehen. „Du spionierst meine Familie aus?"

Mein Magen sinkt und das Essen, was ich gegessen habe, schlägt in meinem Magen Purzelbäume.

„Du musst dir das Video ansehen", sagt Dante. Er ist ruhig, zu ruhig, angesichts der Traurigkeit, die seinen Blick durchzieht.

Das sollte mich nicht überraschen, und doch bin ich angewidert, dass es keine Privatsphäre gibt. „Habt ihr auch in diesem Haus Kameras angebracht? Was ist mit meinem Schlafzimmer?"

Ich schiebe meine Hände auf meinen Schoß, um sie ruhig zu halten, aber ich zittere innerlich und äußerlich. Dieses Wissen hat mich innerlich aufgewühlt.

Warum habe ich geglaubt, dass ich ihm vertrauen kann?

Er antwortet nicht auf meine Frage, und ich stehe auf und lege das Tablet auf seinen Schreibtisch.

„Setz dich!" Dante knackt wie ein Blitz und seine Stimme hallt von den Wänden wider wie ein Donnerschlag.

Ich lasse mich zurück auf meinen Stuhl fallen.

Dante drückt auf Play und zwingt mich, das Video anzusehen.

„Nicole wurde vergiftet", sagt Papa.

Vance steht auf, die Hände zu Fäusten geballt, während er durch den Raum geht. „Warum? Du konntest doch unmöglich wissen, dass Dante auftauchen und vorschlagen würde, deine Tochter zu kaufen."

„Natürlich nicht. Wir haben die Mädchen unter Drogen gesetzt, damit sie nicht so leicht kämpfen. Nicole hat eine höhere Dosis genommen, und als sie mit der letzten Ladung unterwegs war, haben wir ihr einen speziellen Cocktail untergemischt. Sie war in letzter Zeit ein Problem. Eines, das Disziplin braucht. Ich dachte, wenn sie erst einmal krank und auf dem Sterbebett liegt, würde sie merken, dass ich mich um sie kümmere.

„Aber jetzt ist sie bei den Riccis", sagt Rafael. „Sollen wir sie entführen? Sie nach Hause bringen?"

„Nein. Wir werden ihr Blumen und unser Beileid schicken. Sie zeigt bereits Symptome, da bin ich mir sicher. Sie wird in achtundvierzig Stunden tot sein."

„Nein. Das ist nicht... das ist nicht mein Papa." Der Raum ist heiß und erdrückend unter Dantes Blicken. Ich reiße mich von dem Stuhl los und stürme aus seinem Büro.

Ich renne den Flur entlang. Der Raum dreht sich und ich halte mich an der Wand fest, um mich aufrecht zu halten.

Es klappt nicht.

Dante ist zwei Schritte hinter mir, und als ich zu Boden sinke, fängt er mich auf und nimmt mich in seine Arme.

„Er würde nie", beginne ich, aber ich kann meine Gedanken nicht zu Ende führen. Es ergibt keinen Sinn.

Hat Papa mich unter Drogen gesetzt?

Nein.

Er ist kein Ungeheuer. Dante ist das Monster. Es muss ein Trick sein - eine Art Videomanipulation.

„Lass mich los." Selbst wenn Dante mich loslässt, glaube ich nicht, dass ich aufstehen kann. Der Raum dreht sich wie wild und mein Magen schlägt Purzelbäume. Ich bin mir nicht sicher, ob ich nicht ohnmächtig werde oder mich übergeben muss. Beides scheint plausibel zu sein.

Dante trägt mich wortlos die Treppe hinauf in mein Schlafzimmer.

Ich hasse es, dass sogar ich es zu meinem Schlafzimmer erklärt habe. Es ist nicht meins. Es sollte auch nicht meins sein. Ich will nicht bleiben.

Er legt auf den Laken ab. Das Bett ist gemacht. Dante hat Diener, die sich um alle seine Bedürfnisse kümmern. Wurden sie auf die gleiche Weise gekauft wie ich und in sein Haus gebracht?

„Ich hasse dich", sage ich. Ich spüre die Weichheit des Bettes unter meinem Körper. Es ist eine willkommene Ablenkung von meinen wackeligen Beinen, aber ich will nicht hier drin sein. Ich will nicht zu ihm gehören. Ich hätte nie mit ihm in der Bar schlafen sollen.

War das der Auslöser für diese Katastrophe? Oder war es, weil ich seinen blöden Truck gestohlen hatte?

Er hockt an der Kante meines Bettes. Er hat kein einziges Wort zu mir gesagt. Seine stille Behandlung ist schlimmer als alles andere. Warum will er nicht streiten und sich wehren?

Selbst uneingeladen auf dem Bett wirkt er entspannt, als würde er dazugehören.

Nun, das tut er aber nicht.

„Es ist ein Trick. Eine Lüge. Ich glaube dir nicht."

„Dein Vater ist ein Monster." Dante streicht mir eine Haarsträhne aus den Augen.

Ich hebe meine Hand, um seinen Arm wegzuschlagen.

Er ergreift mein Handgelenk und hält es fest. Will er mich daran erinnern, dass er das Sagen hat? Wie könnte ich das je vergessen?

Seine Augen flackern, und es ist die gleiche Dunkelheit, die Traurigkeit und das Grübeln, das ich gestern Abend und heute Morgen bei ihm gesehen habe.

„Das Video ist echt." Dante starrt auf mich herab.

Als ich aufhöre zu kämpfen, löst er seinen festen Griff um mein Handgelenk. Mein Arm fällt auf die Seite.

„Es kommt heute früh ein Arzt, der dich untersucht.

„Mir geht es gut." Ich habe ein flaues Gefühl im Magen, aber ich vermute, dass es eher an der Nachricht liegt als an etwas anderem. „Ich war gestern Abend im Krankenhaus. Der Ultraschall hat gezeigt, dass alles in Ordnung ist. Unser Baby ist gesund." Ich lege eine Hand auf meinen Bauch.

„Du hast in den letzten Wochen abgenommen und Probleme mit dem Essen. Moreno hat einen Kumpel, der Spezialist für solche Dinge ist."

Ich rolle mit den Augen. „Ich bin schwanger. Es ist nicht ungewöhnlich, dass man unter morgendlicher Übelkeit leidet." Ich bewege mich, um mich hinzusetzen und ihm zu beweisen, dass es mir gut geht und er überreagiert. Aber der Raum dreht sich.

Es ist wahrscheinlich stressbedingt. Er stresst mich auf jeden Fall zu Tode.

„Gut. Ich werde mich von deinem Spezialisten untersuchen lassen, aber ich sage dir, dass es mir gut geht. Mein Vater würde mich nicht vergiften."

Würde er das?

Ich reibe mir die Augen. Sie brennen, aber ich will nicht, dass er meine Reaktion sieht.

„Kann ich etwas Freiraum haben?" Ich mache eine Geste in Richtung Tür.

„Ich bin vor deinem Zimmer, falls du etwas brauchst."

Ich murmle leise vor mich hin. „Da bin ich mir sicher."

Dante steht auf und verlässt das Zimmer, wobei er die Tür weit offen lässt.

Hat er mir gerade die Erlaubnis gegeben, mein Zimmer zu verlassen? Er hat gesagt, dass er mich nicht mehr einsperren würde. Ich glaube ihm zwar nicht, aber das ist nicht das erste Mal.

Vielleicht will er nur zusehen und sicherstellen, dass ich nicht umkippe und sterbe.

Schritte nähern sich, und Dante spricht mit jemandem auf dem Flur. Da die Tür weit offen steht, reden sie leiser als sonst. Hinter einer Tür gibt es keine gedämpften Stimmen. Wenn sie ein wenig lauter sprechen, kann ich alles hören.

Dante geht außer Sichtweite, aber er ist immer noch im Flur.

Ich schiebe meine Beine über den Rand der Matratze und stehe auf wackeligen Beinen - einen Fuß vor den anderen.

Ich habe ein mulmiges Gefühl im Magen, aber das liegt wohl an dem Video und den Nachrichten. Dem Baby geht es gut. Mir geht es gut. Dante ist bestenfalls ein Hypochonder. Im schlimmsten Fall versucht er, mich zu manipulieren.

Papa würde mir nicht wehtun. Da bin ich mir sicher.

Es ist ein Trick - eine Form der Manipulation. Vielleicht stecken Dantes Männer dahinter.

Dante will, dass ich bleibe, weil ich ein Kind von ihm bekomme. Aber seinen Männern wäre es lieber, wenn ich ginge. Ich bin sicher, ich lenke sie vom Geschäft ab.

Ich werde mitspielen. Ich lasse mich von seinem dummen Arzt untersuchen. Wenn ich so tue, als wäre ich krank, lassen die Männer, die mich bewachen, vielleicht ihre Aufsicht fallen und ich kann entkommen.

KAPITEL NEUNUNDZWANZIG

DANTE

Nachdem der Arzt Nikki gründlich untersucht hat, treten wir auf den Flur hinaus. Ich schließe die Tür.

„Wie lautet die Diagnose?", frage ich.

Der Arzt ist ein älterer Herr und könnte genauso alt sein wie mein Vater. Sein graumeliertes Haar ist kurz und drahtig und flattert in alle Richtungen. Mit seinem weißen Laborkittel und dem Stethoskop um den Hals hat er die Züge eines verrückten Wissenschaftlers.

Aber ich vertraue ihm.

Er wurde mir wärmstens empfohlen.

„Abgesehen von der Schwangerschaft? Sie wurde vergiftet und hat C-Fieber. In anbetracht deiner

Situation würde ich sogar sagen, dass es als biologische Waffe eingesetzt wurde. Wer immer das getan hat, wollte, dass Nikki leidet. Es ist gut, dass du dich gemeldet hast."

Ich schlucke den Kloß in meinem Hals hinunter. „Und was ist mit dem Baby?"

„Es besteht das Risiko einer Fehlgeburt, einer Totgeburt, einer Frühgeburt oder eines niedrigen Geburtsgewichts."

Wunderbar.

Ich fahre mir mit der Hand durch die Haare. Wenn ich noch nicht schrecklich aussehe, so fühle ich mich doch wie eine wandelnde Katastrophe.

„Wie behandeln wir C-Fieber?", frage ich. „Gibt es etwas, das wir ihr geben können? Antibiotika?" Ich kann nicht einmal in Betracht ziehen, dass sie und das Baby sterben könnten. Das kommt nicht infrage.

Der Arzt schiebt seine Brille noch weiter die Nase hoch.

„Sie braucht eine antibiotische Behandlung gegen die Infektion."

Antibiotika. Dem Himmel sei Dank für die moderne Medizin. „Aber sie wird wieder gesund? Sie und das

Baby werden sich vollständig erholen?" Genau das muss ich hören.

„Ja, ich glaube, dass es ihr wieder gut gehen wird, aber wir müssen die Schwangerschaft genau im Auge behalten. Und wenn die Antibiotika nicht anschlagen und sie weiterhin Symptome hat, ruf mich sofort an. In seltenen Fällen kann sich daraus ein chronisches C-Fieber entwickeln, das ein größeres Risiko darstellt."

———

Endlich habe ich das Gefühl, dass ich wieder atmen kann. Moreno kommt mit dem Rezept für Nikki aus der örtlichen Apotheke vorbei.

Wir sind zwar noch nicht über den Berg, aber die Gewissheit, dass es ihr gut gehen wird, ist schon eine Erleichterung.

Ich hoffe nur, dass das Kleine, das in ihr heranwächst, mit der Infektion und der Antibiotikabehandlung zurechtkommt.

Ich bringe ein Tablett mit Keksen, Suppe und einem randvollen Glas Wasser in Nikkis Zimmer. Es ist weit nach Mittag und sie hat seit dem Frühstück nichts mehr gegessen. Wenn man bedenkt, dass sie die ganze Woche über nicht viel gegessen hat, bin ich dankbar, dass sie es geschafft hat, Toast und Marmelade zu essen.

Sie kann aber nicht nur von Toast leben, wenn sie schwanger ist. Sie braucht eine gesunde Ernährung.

„Was hat der Arzt gesagt?" fragt Nikki. Sie liegt auf der Seite und starrt aus dem Fenster.

„Eine Kur mit Antibiotika wird helfen."

Sie rollt sich auf den Rücken und wirft einen Blick auf mich. Ihr dunkles Haar verteilt sich auf dem Kissen und sie streicht sich mit der Hand über den Unterleib. „Und das Baby?"

Ich werde sie nicht anlügen. Es gibt schon zu viele Lügen, auf denen unsere Pseudo-Beziehung aufgebaut ist. Ich weiß nicht, wie ich es sonst nennen soll. Sie ist hier, weil ich es von ihr verlange, nicht weil sie mit mir zusammen sein will.

Vielleicht wird sich das eines Tages ändern. Zumindest ist meine Priorität das Kind, das in ihr heranwächst.

„Es gibt immer Risiken, aber wenn du die Antibiotika nicht nimmst, wirst du und das Baby sterben." Es gibt kein Beschönigen des Ernstes der Lage. Ich möchte, dass sie es ernst nimmt. Ich bezweifle nicht, dass sie das tun wird, aber ich trage die Verantwortung für sie und das Kind, mein Kind.

Sie setzt sich im Bett auf und stützt sich mit den Kissen dahinter ab. Ich bringe das silberne Tablett zum Nachttisch und stelle es so hin, dass sie es erreichen kann.

Ich bin mir nicht sicher, ob ich bleiben soll oder nicht.

„Bin ich ansteckend?"

„Nein", antworte ich.

Sie rollt mit den Augen und grinst. „Dann setz dich." Nikki deutet auf einen Platz auf dem Bett neben ihr. Das ist eine Einladung, und ich sollte sie annehmen. Eigentlich sollte ich in meinem Büro sitzen und arbeiten. Es gibt noch mehr zu tun und die Überwachungsvideos muss ich auch noch ansehen.

Ich komme ihrer Bitte nach und setze mich auf die Kante ihres Bettes. „Iss", befehle ich. Wenn ich tue, was sie verlangt, dann wird sie auch tun, was ich ihr sage.

Ihr Blick fällt auf das Tablett, aber sie greift nach nichts davon, nicht einmal nach den Keksen.

„Muss ich dich füttern?", frage ich. Wenn sie sich wie ein Kind benimmt, dann werde ich sie auch wie eines behandeln.

Sie greift nach den Keksen, führt einen an ihre Lippen und knabbert ein wenig davon. Ich bin mir nicht sicher, ob das überhaupt als Essen zählen sollte, aber ich lasse es durchgehen.

KAPITEL DREISSIG

NICOLE

Ich vertraue Dante nicht. Wie kann ich das, wenn ich gestern noch im Krankenhaus war und es mir gut ging, und er mir heute Morgen ein Video zeigt, in dem er mir sagt, dass ich sterben werde?

Das Video ist eine Fälschung. Es muss manipuliert worden sein.

Seine Männer hätten das Video leicht erstellen und etwas die Identitäten vertauschen können, damit es wie mein Papa aussieht.

Ich kenne Papa. Er mag manchmal hart und grausam sein, aber er würde mir, seiner einzigen Tochter, nie wehtun.

Und der Arzt. Er arbeitet für Dante und würde alles tun, was man ihm befiehlt, auch seine Patienten unter Drogen setzen.

Wenn die Pillen kommen, werde ich sie nicht nehmen. Das ist ein Kampf für später. Ich kann die Medikamente mit der Zunge aufnehmen und sie herunterspülen, wenn niemand zusieht.

Ich trinke ein paar Schlucke Wasser, nachdem ich ein paar Cracker geknabbert habe, damit Dante gerecht zu werden. Das Letzte, was ich will, ist, dass er mich zum Essen zwingt, denn ich bin nicht hungrig.

Wie kann er erwarten, dass ich nach dem, was er mir erzählt hat, etwas essen will?

Er steht von der Matratze auf, und ich lasse ihn gehen.

„Ich komme später wieder, um nach dir zu sehen", sagt Dante. Er drückt mir einen Kuss auf die Stirn.

Ich versuche, nicht zusammenzuzucken.

Dante tritt aus meinem Zimmer und schließt die Tür. Ich höre nicht das Schloss klicken.

Ich steige schnell aus dem Bett und ziehe mich für den Tag an.

Auf der gegenüberliegenden Seite der Tür, im Flur, sind Schritte zu hören. Die Stimmen sind hinter den dicken Wänden gedämpft.

Spricht Dante mit einer der Wachen?

Sprechen sie über mich?

Ich schlucke den Rest des Glases Wasser hinunter. Ich bin eher durstig als hungrig, aber ich will nicht, dass Dante eine Spur von Genugtuung darüber empfindet, dass ich es geschafft habe, mir Flüssigkeit oder Nahrung zuzuführen.

Wenn er sich überhaupt kümmert, dann um das Baby, das ich in mir trage. Ich bin ihm scheißegal.

Es klopft heftig an der Tür und ich renne zurück zum Bett.

„Deine Medizin", sagt Dante und zeigt mir die Tüte aus der Apotheke. Er öffnet die zusammengeheftete Papiertüte, reißt den Deckel ab, dreht sie um und lässt die Tablettenpackung auf die Matratze fallen.

Ich greife nach der Flasche, aber er schnappt sie mir weg, bevor ich das Rezept untersuchen kann.

Er liest den Beipackzettel vor und gibt mir dann eine Pille.

Ich greife nach dem fast leeren Wasserglas, und er bringt es zum Waschbecken, um es zu füllen. „Du musst bei jeder Einnahme ein ganzes Glas Wasser trinken."

„Was hat der Arzt verschrieben?", frage ich und greife nach der Tablettenpackung.

Doxycyclin.

Ich habe noch nie davon gehört, aber es klingt legitim, wie ein Antibiotikum.

Er würde mir doch nicht eine Pille geben, die eine Fehlgeburt auslöst, oder?

„Hier." Dante reicht mir das Glas Wasser. „In der Packungsbeilage steht auch, dass es zu Magenverstimmungen führen kann. Ich lasse dir von unserem Koch Savino etwas zu essen machen. Meinst du, du kannst das Mittagessen vertragen?"

„Ein Toast wäre gut", sage ich. Ich bezweifle, dass ich etwas anderes vertragen kann.

„Nimm deine Pille", sagt Dante. Er steht neben mir.

Ich tue so, als würde ich mir die Pille in den Mund stecken und drücke sie in die Hand, während ich das Glas Wasser hinunterschlucke.

Seine Augen verengen sich.

Er weiß es nicht.

Er kann es nicht wissen.

Dante packt meine Hand und öffnet meine Faust. Die Pille purzelt auf die Laken unter mir.

Scheiße!

Seine Augen sind dunkler als ich sie je gesehen habe, als er die Pille von dem Laken aufhebt. „Hast du einen Todeswunsch? Vielleicht ist es dir egal, was mit meinem Kind passiert, aber mir nicht", knurrt er und packt mich am Kinn.

Ich ziehe mich zurück, aber er lässt mich nicht los.

Ich will ihm sagen, dass er mich loslassen soll, aber er hält meinen Unterkiefer fest. Ich mag es nicht, wenn man mich anfasst.

„Nimm deine verdammte Pille." Er schiebt sie mir in den Mund und verschließt meine Lippen. „Schluck!", befiehlt er.

Ich schlucke, aber die Pille liegt noch auf meiner Zunge. Sie ist bitter und zwingt mein Gesicht, sich zu verziehen. Ich will meinen Mund öffnen, um mein Glas Wasser zu trinken, aber es ist leer.

„Mach den Mund auf."

Ich rolle die Pille in meinem Mund herum und schiebe sie in die Tasche zwischen meinen Zähnen und meinem Kiefer. Wenn er verlangt, dass ich meine Zunge hebe, wird er die dumme Droge nicht sehen, die er mich zwingt, zu nehmen.

Als ich nicht schnell genug tue, was er mir sagt, reißt er meinen Mund auf. Seine Finger erforschen meine Lippen und meinen Mund mit einer Hand, während die andere meinen Kiefer festhält.

Eine visuelle Inspektion ist ihm nicht genug.

Ich versuche, zuzubeißen, aber er schnappt sich meine Zunge.

Mistkerl!

Sein Zeigefinger streicht zwischen mein Zahnfleisch und entdeckt die Pille.

„Moreno!", schreit Dante zum zweiten Mal.

Ich bin am Arsch.

Moreno eilt in mein Schlafzimmer. Hatte er die Dringlichkeit in Dantes Tonfall wahrgenommen?

„Sie nimmt ihre Medizin nicht", sagt Dante. Die feuchte und klebrige Pille, die sich aufzulösen beginnt, liegt zwischen seinen Fingern.

„Ich mag keine Pillen." Es ist eine Lüge, aber ich bin bereit, alles zu tun, um die beiden Schläger zum Schweigen zu bringen.

Meine Lüge funktioniert nicht.

„Willst du sie festhalten, oder soll ich es tun, Chef?", fragt Moreno.

Dante klettert auf das Bett und drückt mich auf den Rücken. Er übernimmt das Kommando. Er ist energisch und nicht im Geringsten freundlich oder sanft mit seinen rauen Bewegungen.

Seine Hüften drücken mich nach unten und ich versuche zu ignorieren, dass sich sein Schritt an meinen erhitzten Kern schmiegt.

Er packt mich an den Armen und drückt mich mit beiden Händen über meinem Kopf nach unten.

Es gibt keinen Grund, warum er mich festhalten sollte, außer der Tatsache, dass er es kann. Er zeigt mir damit, dass er das Sagen hat. Er hätte die Pille auch einfach in ein Glas Wasser schütten und mich zwingen können, sie herunterzuwürgen.

Er will mir zeigen, dass er die Kontrolle hat.

Moreno hält meinen Kiefer offen und Dante schiebt mir mit seinem Finger die Pille in den Mund.

Ich krümme meinen Rücken und versuche, mich gegen Dante zu wehren, weil ich seine dumme Droge nicht nehmen will.

Sein Körper drückt sich eng an meinen, ich spüre nur seine Hitze und rieche seinen wilden Geruch. Er ist ein Tier, und ich bin sein Spielzeug, mit dem er spielen und machen kann, was er will.

Dante drückt mir die feuchte und sich auflösende Pille in den Hals, bevor ich sie ausspucken kann.

Ich huste und muss würgen. Der Geschmack ist sauer und schmilzt in meiner Kehle. Auf dem Weg nach unten brennt es, während ich schlucke, um die Bitterkeit und das Kribbeln loszuwerden.

Dante klettert von meinemKörper runter, steht auf und schüttelt den Kopf. „Ich wollte dich eigentlich nach draußen in den Garten lassen. Du wirst dir deine Freiheit verdienen müssen."

„Freiheit?" Ich setze mich und schiebe meine Beine über die Bettkante. „Draußen, mit Wachen, die mich auf Schritt und Tritt beobachten, und eingesperrt mit einen Zaun ist keine Freiheit."

Er spitzt die Lippen, antwortet aber nicht.

Warum sollte er auch?

Moreno schleicht leise mit meinem leeren Glas Wasser ins Bad und füllt es nach. Er bringt es zurück auf den Nachttisch, bevor er einen Schritt zurücktritt und sich in den Flur zurückzieht.

Es ist klug, von ihm zu gehen.

Wenigstens kann er das. Ich sitze in meinem Turm fest, wie eine Prinzessin und er ist der Bösewicht.

Dante kommt näher und dringt in meinen persönlichen Bereich ein. Er drückt mich gegen das Bett, aber dieses Mal steht er und drückt nicht so fest. Mein Körper reagiert auf seine Anwesenheit. Schon wieder.

Ich will nicht spüren, wie die Elektrizität zwischen uns knistert. Wenn es nach mir ginge, würde ich nichts spüren.

„Du weißt nicht, was ich alles für dich getan habe", schimpft Dante.

Mein Blick fällt auf seine Lippen und dann auf seinen Hals. Sein schwarzes Hemd ist gerade so weit aufgeknöpft, dass man einen Blick auf seine Brust werfen kann, und ich kann nicht anders, als ihn anzustarren.

Im Geiste ziehe ich ihn aus.

Das sollte ich nicht tun.

Er ist tabu - schlechte Nachrichten.

Und ich muss mich darauf konzentrieren, meinen Arsch aus diesem Gefängnis zu bewegen.

Aber alles, was ich will, ist, dass er mich küsst.

Mich anbetet.

Mich befehligt.

Und mich daran erinnern, dass ich ihm gehöre und nur ihm. Ist das zu viel verlangt?

Sein Finger hebt meinen Kiefer an, damit ich in seine dunklen Augen blicken kann. Die Wut ist verschwunden, und Dante beugt sich hinunter und streift mit seinen Lippen über meine.

Sein Kuss ist rau.

Seine Berührung ist kraftvoll, als er mich zurück auf die Matratze drückt und sich auf meine Hüften spreizt.

Noch vor wenigen Minuten waren wir in der gleichen Position und während er mich überwältigt und wütend gemacht hat, fühle ich mich jetzt nur noch warm und ruhig.

Seine Küsse haben die Kraft, mich in die Knie zu zwingen.

Seine Autorität macht mir Angst. Nicht wegen dem, was er ist oder was er tut, sondern wegen dem, was er in mir auslöst. Ich sollte Dante hassen. Ich will ihn hassen.

Aber ich will auch, dass er mich fickt.

Was ist nur los mit mir?

Seine Lippen wandern an meinem Hals entlang und seine Finger sind schnell und rau, als er mein Hemd anhebt und den Knopf meiner Hose öffnet.

Die Schlafzimmertür steht weit offen, aber das scheint Dante nicht zu stören. Vielleicht gefällt es ihm zu wissen, dass er mich vor seinen Männern beanspruchen kann?

Der Gedanke daran lässt meinen Körper vor Erregung erschaudern.

Ich bin schon ganz feucht.

„Ich sollte dich bestrafen", haspelt Dante in mein Ohr. Er dreht mich um und zieht mir die Jeans über den Po.

„Wie bestrafen?" Ich habe fast Angst, zu fragen. Er hat mich bereits gezwungen, diese blöde Pille zu schlucken.

„Stell dich auf alle viere", befiehlt er und hebt meine Hüften an.

Ich tue, was er mir sagt. Der Reißverschluss seiner Hose gleitet nach unten und ich werfe einen Blick über meine Schulter. Ich will ihn sehen.

Sein Schwanz glänzt und ist hart. Dante streichelt sein verdicktes Glied und schiebt meinen Kopf nach vorn, wobei er meinen Kopf nach unten drückt, während er hart in meine Enge stößt.

Ein Wimmern entschlüpft meinen Lippen.

Es tut nicht weh. Er füllt mich aus und gibt mir ein Gefühl der Fülle, während er mein Inneres dehnt, um ihm Platz zu machen. Jeder Stoß ist langsam und zieht sich in die Länge.

Es ist die reine Folter.

„Härter", flüstere ich, weil ich mehr brauche und will, dass er schneller kommt.

Er hört nicht auf mich. Jeder Stoß ist langsam und köstlich schmerzhaft.

Mein Inneres pocht und pulsiert um seinen dicken Schwanz.

„Bitte", flehe ich. Meine Hände ballen sich zu Fäusten, denn die Bettlaken sind alles, was ich greifen kann.

Dante drückt meinen Kopf nach unten, gegen das Bett, während er mich fickt.

Endlich gibt er mir, was ich will. Das Tempo nimmt zu, und mein Herz schlägt gegen meinen Brustkorb.

Mein Inneres krampft sich zusammen.

„Noch nicht!", befiehlt Dante. „Wage es nicht, jetzt zu kommen."

„Scheiße", murmle ich leise vor mich hin. Ich bin schon so nah dran, und er reizt mich bis zum Äußersten.

Er zieht sich zurück, als ich kurz vor dem Höhepunkt stehe.

Ich keuche und es fühlt sich an, als würde mir der Atem aus der Lunge gestohlen.

„Was zum Teufel war das?" Ich keuche, ringe verzweifelt nach Luft, und er dreht mich auf den Rücken.

Ein hinterhältiges Lächeln huscht über seine Züge und ein dunkles Glitzern ist in seinen Augen. „Du gehörst mir", knurrt er und hebt meine Beine auf seine Schultern, während er in mich eindringt.

Er ist hart und rau, und mein Inneres pulsiert wieder.

„Bitte", flehe ich und will nicht, dass er sich wieder von mir zurückzieht. Ich bin am Rande des Vergessens, verkrampfe mich und versuche, den Moment zu verlängern.

„Sag mir, dass du ganz mir gehörst, dann kannst du kommen."

Ich stöhne auf, als sich das anhaltende Gefühl von Wärme zu einem Funken aufbaut, wie das erste Zischen eines Feuerwerks, bevor es in den Himmel geschossen wird. „Dante", flehe ich ihn an.

Seine Bewegungen sind langsam.

Ich bin im Delirium.

Es bringt mich um.

„Ich gehöre dir. Ganz dir." Er kann mit mir machen, was er will, genau hier. Hier und jetzt.

„Braves Mädchen." Seine Stöße werden schneller und stoßen gegen mich, während er tiefer in meine Hitze eindringt.

Ich bin kurz davor, den drohenden Orgasmus zu unterdrücken, der meinen Körper wie ein brennendes Feuer durchzuckt, während er in mich eindringt.

Eins.

Zwei.

Drei weitere Stöße und er ergießt sich in meiner Wärme, während mein Inneres pulsiert und sich zusammenkrampft und ihn fester, härter und näher zu mir zieht.

Mein Herz und unser schweres Atmen sind alles, was ich höre, als er sich neben mir auf das Bett rollt.

KAPITEL EINUNDDREISSIG

DANTE

Ich möchte Nicole anschreien. Die Wut durchströmt mich und brennt wie ein Inferno.

Was zum Teufel ist los mit ihr?

Warum tut sie so, als würde sie ihre Medizin nehmen? Nach allem, was ich getan habe, um sie zu beschützen, glaubt sie immer noch, ich sei das Monster.

Damit will ich nicht sagen, dass ich ein Heiliger bin.

Das bin ich nicht. Ich habe Menschen getötet.

Aber selbst für mich gibt es eine Grenze, die ich nicht überschreiten würde, und das ist die, eine unschuldige Frau zu verletzen - vor allem eine, die mit meinem Kind schwanger ist.

Ist ihr nicht klar, dass ich ihr nicht wehtun möchte? Ich behalte sie hier, um sie zu schützen.

Ihr Vater war bereit, sie zu vergiften, zu foltern und zu verkaufen, um sie für den richtigen Preis mit einem beliebigen Mann zu verheiraten.

In ihr wächst ein Baby heran.

Mein Baby.

Ich drehe mich auf die Seite und lege meine Hand auf ihren Bauch. Sie scheint kaum etwas zu sehen, aber sie hat auch nicht viel gegessen, seit sie hier ist.

Das muss ich besser machen.

Wenn das bedeutet, dass ich sie zwingen muss, zu essen, dann soll es so sein. Was auch immer nötig ist, um sicherzustellen, dass mein Sohn oder meine Tochter gesund ist. Selbst wenn Nikki mich dafür hasst, welche andere Wahl habe ich?

Eine drückende Stille senkt sich über den Raum, bevor ich mich endlich von der Matratze abstoße und meine Kleidung wieder anziehe. Meine Männer müssen weder meinen nackten Hintern noch sonst etwas sehen, auch wenn wir die Tür weit offen gelassen haben.

Gut.

Sie sollen wissen, dass sie mir gehört.

Sie ist tabu für jeden Mann, der sie auch nur ansieht.

Ich würde ihn umbringen.

Meine Männer wissen es besser, sie würden mich nie betrügen. Aber das hat mich nicht davon abgehalten, sie zu erobern, während die Tür für alle meine Männer weit offen stand.

„Zieh dich an", befehle ich.

Nikki rührt sich nicht vom Bett. Ihr Haar ist über die seidenen weißen Laken gefächert. Sie sieht engelsgleich aus.

Sie ist aber alles andere als ein Engel. Ihr Vater ist Gino DeLuca.

Und trotzdem habe ich sie in mein Haus gelassen. Ich habe sie beschützt. Habe sieruiniert.

Die Anerkennung, die ich bekomme, ist null.

Nichtig.

Nichts.

„Steh auf!" Ich bin es leid, dass sie mich ignoriert. Ich bin der verdammte König in diesem Haus und in der Familie. Sie wird auf mich hören. Mir gehorchen. Und tun, was ich befehle.

Ihr stockt der Atem und sie klettert aus dem Bett, wobei sie die Laken mitnimmt. Als ob ich nicht gerade jedes Stückchen ihres nackten Körpers gesehen hätte.

Seit wann ist sie schüchtern?

Ist das ein Schauspiel? Ich beobachte, wie sie ihre Kleidung zusammensucht und ins Bad eilt.

Es gibt immer noch keine Tür und ich kann jeden Zentimeter ihres Körpers sehen, aber ich tue so, als würde mich das nicht interessieren. Als ob mir ihre Nacktheit nichts ausmachen würde, wenn ich sie nur wieder aufs Bett werfen und ficken will.

Ein Blick auf sie, und ich werde hart.

Ich warte an der offenen Schlafzimmertür und gehe hin und her. Sie ist eine unmögliche Ablenkung. Nikki wird mich umbringen, wenn ich nicht aufpasse.

Aber ich weiß, dass es das wert ist.

Sie ist es wert.

Sie hat sich das T-Shirt angezogen, was sie vorhin getragen hat, aber es ist offensichtlich, dass sie keinen BH trägt.

Ich mache die Augen zu und versuche, sie nicht anzustarren.

Ihre Jeans schmiegt sich in jeder erdenklichen Weise an ihre Kurven. Sie schlendert aus dem Bad und sieht nicht im Geringsten so aus, als wäre sie gerade gefickt worden.

Wie zum Teufel macht sie das nur? Sie spielt mit meinem Herzen und meinem Schwanz.

„Ich bin angezogen", sagt sie und deutet auf die Kleidung, die sie trägt.

„Gut. Ich bringe dich nach draußen in den Garten."

Moreno hat recht. Eine schwangere Frau benötigt Sonne und vor allem Vitamin D.

Ihre Unterlippe klemmt zwischen den Zähnen, und sie folgt mir aus dem Schlafzimmer. Ich lasse die Tür offen. Es hat keinen Sinn, sie zu schließen oder jemanden davor zu stellen.

Meine Hand liegt auf ihrem Rücken und findet den perfekten Platz um sie zu stützen, während ich sie die Treppe hinunter und durch die Küche führe.

Es gibt eine Hintertür, einen Eingang, der direkt in den Garten führt. Es gibt einen kleinen Zaun, den man leicht überklettern könnte, aber es gibt auch ein höheres Tor mit Wachen am Eingang und entlang der Grundstücksgrenze.

Sie wird nirgendwo hingehen, auch wenn sie versucht zu rennen.

„Ich dachte, du könntest etwas Sonnenschein gebrauchen", sage ich, als ich die Tür öffne und sie als Erste raus gehen lasse.

„Willst du mir sagen, ich sei blass?"

Sie zögert erst um dann mit dem einen, und mit dem anderen Fuß, auf die Pflastersteine zu treten.

Ist es Unglaube?

Ich folge ihr nach draußen und schließe die Tür hinter uns. Es hat keinen Sinn, die Umwelt mit der Klimaanlage zu kühlen.

Sie lässt die Schultern sinken und legt den Kopf zurück, die Augen geschlossen, und genießt die helle Wärme der Sonne, die über ihr scheint. Der Himmel ist blau, ohne eine einzige Wolke am Horizont.

Ich gehe um sie herum zu der Holzbank, um mich zu setzen. Entlang der Zaunlinie wachsen Blumen zur Dekoration, aber der größte Teil des Gartens besteht aus Gemüse und Kräutern zum Kochen und Zubereiten von Mahlzeiten.

Ich setze mich auf die Bank und beobachte sie. Ihre Lippenwinkel verziehen sich zu einem schwachen

Lächeln. Sie scheint glücklich zu sein, fast schon zufrieden.

Es war nie meine Absicht, sie hier in meinem Haus einzusperren.

Aber sie ist mit meinem Kind schwanger. Welche andere Möglichkeit gibt es?

Nach einigen Minuten setzt sie sich neben mich auf die Bank. Ihre Finger sind an der Kante des Holzes eingeklemmt und sie hält sich an dem Sitz fest. „Danke", flüstert sie.

„Ich möchte denken, dass ich dir vertrauen kann, Nicole."

Sie zittert und ich kann nicht sagen, ob es unfreiwillig ist oder ob ihr kalt ist. Die Sonne fühlt sich warm an, aber ich habe auch ein Hemd an und bin für den Tag angezogen, und für die Arbeit.

„Bitte, nenn mich Nikki. Nur Papa nennt mich Nicole." Ihre Stimme ist distanziert, ihre Augen sind auf die Blumen fixiert. Vielleicht liegt es auch an dem kleinen Zaun, der ein paar Meter entfernt am Rande des Gartens ist.

Die Art, wie sie Nicole sagt, die Art, wie sie die Nase rümpft und die Unterlippe vorschiebt, hat etwas, das andeutet, dass sie es nicht mag.

„Nikki, ich würde dir gerne vertrauen. Mit dem Baby, das in dir heranwächst, sind wir von nun an unweigerlich aneinander gebunden. Mein Baby", sage ich.

Ich streiche eine Strähne ihrer dunklen Locken hinter ihr Ohr.

„Ein Baby sollte nicht ohne zwei Eltern aufwachsen. Und dein Vater. Wir haben seinen Segen zum Heiraten."

KAPITEL ZWEIUNDDREISSIG

NICOLE

„Was?" Ich schwöre, dass mir die Augen aus dem Kopf fallen und ich springe von meinem Platz auf der Bank im Garten auf.

Hat er mir wirklich gerade einen Antrag gemacht?

„Das war der schlechteste Antrag in der Geschichte der Anträge", sage ich.

Und seit wann hat er mit Papa darüber gesprochen, mich zu heiraten? Weiß er, dass ich schwanger bin?

„Nun, ich habe das alles nicht geplant, falls du es nicht bemerkt hast." Dante ist schnell mit einer Antwort zur Stelle.

Ich verschränke meine Arme vor der Brust. „Du willst mich nicht heiraten." Es gibt ein Dutzend Gründe, die mir einfallen, warum das eine schreckliche Idee ist. Will er, dass ich sie alle aufzähle?

„Ich will nicht, dass mein Kind seinen Vater nicht kennt und ich bin mir ziemlich sicher, dass du dich bei der ersten Gelegenheit trennen wirst."

Ich lache leise vor mich hin. Glaubt er, dass ein Ring daran etwas ändern wird oder ein Haufen Gelübde und ein Stück Papier?

„Nein. Ich werde dich nicht heiraten. Ich werde dich nie heiraten." Er ist verrückt, wenn er glaubt, dass ich für immer hier bei ihm sein will. „Falls du es vergessen hast: Ich bin deine Gefangene, Dante."

Sein Kiefer ist angespannt, und seine Lippen sind fest zusammengepresst, während er mich anstarrt. „Du wirst wie eine Prinzessin behandelt. Nicht wie eine Gefangene. Willst du meinen Keller sehen, wo ich Männer festhalte, die mich bestehlen?"

Mein Mund wird trocken.

„Ist es das, worum es hier geht? Um deinen blöden Truck, den ich gestohlen habe." Ich kann nicht glauben, dass er das nicht auf sich beruhen lässt. Ich wusste nicht, wer er war, sonst hätte ich es nicht riskiert, ihn zu verärgern.

„Nein, es geht darum, dass ich dich von deinem Vater gekauft habe."

Habe ich ihn richtig verstanden? „Was?", frage ich.

Nein.

Ich kann nicht verstanden haben, was er gesagt hat. Oder besser gesagt, er hat es nicht so gemeint, wie es herauskam.

Kopfschüttelnd trete ich einen Schritt zurück und stoße mit der Kante meiner Füße gegen die Holzbretter mit dem Gemüse hinter mir.

„Du lügst." Was auch immer er zu sagen beabsichtigt, ich glaube ihm nicht. Ich kann ihm nicht glauben. Denn sonst würde es das absolut Schlimmste bedeuten, was man sich vorstellen kann: dass mein Vater hinter meiner Entführung steckt.

Das kann nicht wahr sein.

Papa würde mich nicht entführen, verschleppen, demütigen und verkaufen.

„Nein", sage ich und schüttle entsetzt den Kopf.

Das ist das einzige Wort, das ich sagen kann. Das einzige Wort, das ich immer und immer wieder aufsage, weil ich es nicht glauben will.

Ich kann es nicht glauben.

„Ich habe ihm geschworen, dass ich es dir nicht sagen werde", zischt Dante. Er steht auf und stampft mit den Füßen über die Pflastersteine, jeder Stoß ist klobig und schwer von seinem Gewicht und der Wut, die aus ihm herausströmt.

„Ich kann nicht, Dante, ich kann einfach nicht...", sage ich und eile zur Küchentür.

Ich kann seine Ausreden nicht hören.

Ich will sie nicht hören, ich will sie nicht glauben. Nichts davon kann wahr sein, denn wenn es so wäre, wüsste ich nicht mehr, wo ich in dieser Welt hingehöre.

Er ist nicht hinter mir her.

Oder wenn er es ist, bin ich schneller als er und höre nicht, dass er mir folgt.

Ich eile durch die Küche und dann den Flur entlang zum Foyer. Ich schnappe mir ein Paar Schuhe, das neben der Tür steht. Sie sind zwei Nummern zu groß, aber das ist mir egal. Ich ziehe die glänzenden schwarzen Herrenschuhe an und stürme nach draußen.

Einer der Wachleute sagt etwas zu mir, aber ich höre ihn nicht. Alles ist verschwommen, ein Wirbelwind, als ich zum Tor renne.

Meine Füße knirschen über den Schotter und dann durch das Gras. Die eisernen Tore sind hoch und spitz, es ist gefährlich, darüber zu klettern.

„Bitte", flehe ich, während ich auf den verschlossenen Eingang zulaufe.

Wie komme ich darauf, dass sie mich gehen lassen?

Warum sollte ich glauben, dass er mir jemals die Freiheit schenken würde?

Der Wachmann am Tor nimmt den Hörer ab, als ich näher komme.

„Ja, Sir", sagt der Wachmann und drückt den Summer, um das Tor zu entriegeln.

Es lässt sich nur langsam öffnen, aber das ist mir egal. Ich schlüpfe hindurch, nachdem es sich ein paar Zentimeter geöffnet ist, genug, um mich freizulassen. Ich kann nicht riskieren, dass er es sich anders überlegt und mich zurückschleppt.

KAPITEL DREIUNDDREISSIG

DANTE

„Öffne das Tor", sage ich zu dem Wachmann, der auf dem Posten steht.

Vom Fenster aus beobachte ich, wie Nikki das Haus verlässt. Sie schiebt sich an dem Tor vorbei und rennt los.

Wie weit wird sie kommen?

Wohin wird sie gehen? Zurück zu ihrem Vater, der sie vergiftet hat?

Moreno kommt auf mich zu und ich schwöre, dass er hinter seiner Fassade ein selbstgefälliges Lächeln ist.

„Sag kein Wort", warne ich. Ich bin heute nicht in der Stimmung, mich mit seinem Mist oder dem von irgend jemand anderem zu beschäftigen.

„Wir können in den Club gehen und uns ein hübsches Mädchen suchen, um dich abzulenken", schlägt er vor.

Ich schnaufe leise vor mich hin. „Genau das hat mich in diesen verdammten Schlamassel gebracht."

Er war dabei. Moreno sollte sich an die Nacht erinnern, in der ich Nikki traf. Allerdings hat er gut daran getan, so zu tun, als würde er nicht bemerken, wie Nikki und ich in meinem Club ficken.

„Ich will, dass sie immer von zwei Personen beobachtet wird", sage ich. „Es ist zu ihrem eigenen Schutz."

Moreno stellt meine Beweggründe nicht infrage. Er weiß es besser und nickt mir zu. „Schon dabei. Du willst, dass ich einen unserer Soldaten schicke?"

„Ich will, dass du das tust", sage ich. Mit schweren Schritten stapfe ich in mein Büro.

In meinem Kopf dreht sich alles und ich bin kurz davor zu kotzen.

Warum zum Teufel habe ich sie gehen lassen? Was habe ich mir nur dabei gedacht?

Ich knöpfe die beiden obersten Knöpfe meines Hemdes auf. Der Schweiß rinnt mir über die Stirn.

Mein Hemd erdrückt mich.

Verdammt, dieser Raum ist zum Ersticken.

„Boss, sie wird mich erkennen."

Er hat nicht Unrecht. Nikki hat genügend Zeit mit Moreno verbracht, um zu wissen, dass ich ihn geschickt habe, um ihr zu folgen.

„Gut." Ich mache keinen Hehl daraus, dass wir sie im Auge behalten werden. Sie ist mit meinem Kind gegangen, das in ihr wächst.

Er stößt einen lauten Seufzer aus. „Du weißt, dass ich alles tue, was du von mir verlangst, Chef. Ich möchte nur klarstellen, dass das eine schlechte Idee ist."

In meinem Büro, auf dem langen Holzschrank an der Wand, steht eine Karaffe mit Whiskey. Ich drehe ein Glas um und gieße die bernsteinfarbene Flüssigkeit ein.

„Zur Kenntnis genommen." Es ist mir egal, was er denkt, vielleicht sollte es das aber nicht sein. Er ist der einzige Mensch, dem ich vertraue, dass er ehrlich zu mir ist, ganz offen. Aber letzten Endes bin ich derjenige, die die Regeln aufstellt und durchsetzt.

Ich wirble die Flüssigkeit am Rand des Glases hin und her, bevor ich sie in einem Zug hinunterschlucke. Das

Brennen, wenn es meine Kehle hinuntergleitet, ist die einzige Befriedigung, die ich heute bekomme.

„Worauf wartest du noch?" Ich blicke über meine Schulter, drehe mich aber nicht einmal um, um ihn anzusehen.

„Gut. Ich melde mich wieder, wenn ich weiß, wo sie ist", sagt Moreno. Er stürmt aus dem Büro.

Wird sie ein weiteres Fahrzeug stehlen, um zu entkommen?

Ich fahre mir mit der Hand durch die Haare, bevor ich mir ein zweites Glas Whiskey einschenke - die Wut zerreißt mir das Herz.

Warum habe ich sie gehen lassen?

Ich kippe den Drink hinunter und werfe das Glas quer durch den Raum. Es zersplittert beim Aufprall auf die Wand und fällt in winzigen Scherben auf den Boden.

Mit ihm zersplittert auch mein Herz.

Nikki ist weg.

Die Niederlage erdrückt mich, aber sie hält mich nicht nieder.

Ich werde sie zurückholen, auch wenn sie um sich schlägt und schreit.

KAPITEL VIERUNDDREISSIG

NICOLE

Es fühlt sich surreal an, zu entkommen.

Aber ist es eine Flucht, wenn dein Entführer das Tor aufschließt und dich gehen lässt?

Warum hat er mich gehen lassen? Hat Dante gemerkt, dass ich ihm nicht gehöre und nie gehören werde? Was meinte er damit, dass er mich von meinem Vater gekauft hatte?

Nein, das war ein Trick. Es musste eine Manipulationstaktik sein, um Angst und Misstrauen zu schüren.

Nun, ich vertraue Dante ganz sicher nicht.

Ich bin mir immer noch nicht sicher, warum er mich gehen ließ. Vielleicht war es ein Moment der Schwäche. Wie auch immer, es spielt keine Rolle.

Ich eile den Pfad durch den Wald entlang und kreuze den Berghang in Richtung Stadt. Ich folge dem Weg und halte ein gleichmäßiges Tempo.

Gelegentlich werfe ich einen Blick über meine Schulter. Ich höre Geräusche in der Ferne, das Rascheln von Bäumen und Ästen. Ich kann nicht erkennen, ob es jemand ist, der mir folgt, oder der Wind.

Wahrscheinlich ist es einer von Dantes Handlangern.

Ich ziehe eine Grimasse, während ich über das Flussufer eile. Meine zu großen Schuhe sind jetzt mit Wasser vollgesogen.

Na toll. Ich kann sie nicht ausziehen, ohne mir die Fußsohlen aufzuschürfen, aber jeder Schritt wird lauter, weil meine Füße herum schwappen. In der Ferne entdecke ich eine Blockhütte und ein Holzschild, das sich im Wind dreht: Lumberjack Shack.

———

Ich setze mich an den Tresen und trinke mein Glas Wasser.

„Möchten Sie etwas essen?", fragt der Herr hinter dem Tresen.

Ich habe kein Geld dabei. Aber ich denke, wenn ich Papa anrufe, wird er mir aus der Patsche helfen und mir das Essen bezahlen, das ich zu mir nehme. Die Wahrheit ist, dass ich nicht hungrig bin.

„Habt ihr ein Telefon, das ich benutzen kann?", frage ich.

Die Augen des Mannes verengen sich ein wenig. Er ist groß, breitschultrig und hat einen dichten, buschigen Bart. Wenn ich raten müsste, würde ich denken das ihm der Laden gehört.

„Ist dein Auto defekt ?", fragt er. „Ich kann es von einem meiner Kumpels abschleppen lassen."

Ich nippe an meinem Wasser und mein Mund ist immer noch trocken. Meine Lippen fühlen sich an wie in der Wüste. „Nein, ich stecke nur etwas in der Klemme." Ich möchte das nicht weiter ausführen.

Vertrauen ist im Moment eine heikle Angelegenheit, und obwohl er gut aussieht, sehe ich den Ehering an seiner Hand.

Schade, dass er tabu ist.

Außerdem bin ich schwanger.

Wahrscheinlich sind es die Hormone, die in meinem Körper wüten und mich dazu bringen, jeden Mann mit einem Puls zu ficken.

Nun, das stimmt nicht ganz. Ich will Dante nicht ficken. Zumindest nicht noch einmal.

Okay, vielleicht nicht gerade jetzt.

„Verstanden." Er lächelt warmherzig und kramt sein Handy aus der Tasche. „Übrigens, ich heiße Lincoln. Ruf mich einfach, wenn du fertig bist." Er entsperrt sein Handy und gibt es mir.

„Danke."

Ich sehe ihm nach, wie er durch das Restaurant schlendert. Auf einer Eckbank sitzt eine Frau Ende zwanzig, vielleicht Anfang dreißig. Ich kann das Alter schlecht einschätzen, aber sie ist schön und kommt mir seltsam bekannt vor.

Ich bin mir nicht sicher, warum. Ich sollte niemanden aus dieser Stadt kennen.

Trotzdem habe ich das Gefühl, dass ich sie kenne.

Ich habe sie schon einmal gesehen.

Ich erkenne sie nicht aus dem Lager, in dem ich gefangen gehalten wurde. Zumindest glaube ich nicht, dass sie dort war.

Sie lächelt und lacht über Lincoln. Das Mädchen ist wunderschön, hinreißend, hat wahrscheinlich Schönheitswettbewerbe gewonnen und hätte ein Model sein können.

Neben ihr stehen zwei kleine Kinder.

Nein, sie war nicht auf dem Gelände.

Sie blickt zu mir auf und lächelt warmherzig. Ich fühle mich beim Anstarren ertappt und wende meinen Blick ab. Ich tippe Papas Handynummer ein und warte darauf, dass er abnimmt.

„Lincoln, was zum Teufel willst du?" Papas Stimme schallt durch das Telefon.

Woher kennt er Lincoln?

„Papa, ich bin's, Nicole", sage ich. Als ich den Namen benutze, den er am liebsten hat, durchfährt mich ein Schauer, denn das ist der einzige Name, mit dem er mich anspricht.

„Nicole, Liebes. Wo bist du? Warum verkehrst du mit solchem Schleim wie Lincoln? Ist das derjenige, mit dem sich Dante unterhält?"

Ich reibe mir die Stirn und bin frustriert, dass Papa sich keine zwei Sekunden Zeit nimmt, um sich um mich zu kümmern, geschweige denn zu fragen, wie es mir ergangen ist. Hatte er überhaupt vor, mich zu retten oder will er mich bei Dante verrotten und sterben zu lassen?

„Papa, du musst ein Auto schicken, das mich abholt. Ich bin bei Lumberjack Shack."

Er schnaubt. „Natürlich, mein Schatz. Ich werde Vance bald herschicken. Warum zum Teufel ist meine Prinzessin mit solchen Männern zusammen? Die Männer, mit denen Dante verkehrt, sind gefährlich, Nicole. Traue ihnen nicht."

Bevor ich noch etwas sagen kann, ist die Leitung tot. Papa beendet das Gespräch, ohne sich zu verabschieden.

Seufzend steige ich vom Hocker und laufe mit nassen Schuhen zu Lincoln und seiner Familie hinüber, wie ich vermute.

„Alles in Ordnung? Hast du erreicht, wen du wolltest ?" fragt Lincoln.

„Ja, danke", sage ich und reiche ihm sein Telefon.

Die Frau lächelt Lincoln an und übergibt das Mädchen an ihren Mann, wie ich annehme. Sie klettert aus der Bank und führt mich sanft am Arm weg.

„Geht es dir gut?", fragt sie. Ihre Stimme ist weich, sanft, und freundlich. Ihr Lächeln scheint aufrichtig zu sein und in ihren Augen glitzert etwas, das ich nicht recht erkennen kann. Besorgnis? Ich bin mir nicht sicher, ob ich diesen Ausdruck jemals erkannt habe, ohne dass er von Angst gezeichnet war.

Sie blickt auf meine durchnässten Schuhe hinunter. Das sind nicht meine, vor allem ist es nicht meine Kleidung. „Brauchst du Hilfe?", bietet sie an. „Ich bin Harper."

Ich habe Papas Warnung beherzigt. Diesen Leuten kann man nicht trauen.

„Mir geht's gut. Dein Mann hat mir sein Telefon geliehen. Meine Familie wird bald hier sein und mich abholen." Ich zeige auf die Tür. „Ich kann draußen warten."

Vielleicht wäre es besser, wenn ich draußen warte und etwas Abstand zwischen diese Leute bringe. Sie sehen freundlich aus, aber der Schein kann trügen. Das habe ich auf die harte Tour von Dante gelernt.

.   .   .

Nicht, dass ich mir Sorgen mache, dass Lincoln oder Harper das Gleiche tun würden. Sie scheinen glücklich und nett zu sein, und vielleicht könnten wir in einem anderen Leben Freunde sein.

Aber nicht in diesem Leben.

Und schon gar nicht heute.

Die Tür des Restaurants knarrt und schwingt auf. Ich drehe mich auf den Fersen herum und stolpere über meine Füße. Harper hält meinen Ellbogen und meine Hüfte fest, damit ich nicht auf dem Boden aufschlage.

Ich will ein Dankeschön murmeln, aber nicht einmal diese Worte kommen heraus, als ich den Mann anstarre, der das Lokal betritt.

Was zum Teufel macht Moreno hier?

Ich zucke aus dem Griff der Frau.

„Du solltest gehen", flüstere ich. Ich bin mir nicht sicher, ob ich das zu Harper oder zu Moreno sage. Die Worte erfüllen die Luft, und sie macht einen Schritt zurück und eilt dorthin, wo sie vorhin gesessen hat.

„Was zum Teufel machst du hier drin, Moreno?" Lincoln übergibt sein kleines Mädchen schnell wieder an Harper und stürmt zur Tür, um ihn zur Rede zu stellen.

Ich bin sprachlos, dass die beiden sich kennen, aber sie scheinen sich nicht gut zu verstehen. Ich dachte, es gäbe nur zwei verfeindete Mafia-Familien in Breckenridge. Lincoln gehört nicht zur DeLuca-Familie und auch mit den Riccis scheint er sich nicht gut zu verstehen.

„Ich komme nur wegen des Essens."

„Den Teufel wirst du tun!" Lincoln zeigt auf die Tür. „Du bist nicht willkommen. Wegen Männern wie dir, habe ich den Laden monatelang renovieren lassen", schimpft Lincoln.

Moreno grinst schief. „Das mag ja sein, aber es waren nicht meine Männer, die dein Geschäft auseinandergenommen haben. Diese Bastarde arbeiten nicht für meinen Boss und ich arbeite nicht für dich. Ich habe Befehle, und die werde ich befolgen."

Seine Augen ruhen auf mir, und Lincolns Blick folgt ihm schnell.

„Oh, verdammt noch mal." Er wirft seine Hände in die Luft. „Sie ist eine von euch?" Seine Wangen laufen rot an.

„Ich gehöre zu niemandem", sage ich, aber keiner von ihnen hört mich. Ich könnte genauso unsichtbar sein.

KAPITEL FÜNFUNDDREISSIG

DANTE

„Was soll das heißen, du hast sie verloren?" Ich halte mir mein Handy ans Ohr, während ich durch den Flur laufe.

Ich kann scheinbar nicht lange genug still sitzen, um überhaupt etwas zu erledigen. So geht es mir, seit ich sie habe gehen lassen.

„Vance hat sie abgeholt. Ich schätze, sie hat ihren liebsten Vater angerufen", sagt Moreno.

Das ist alles, was ich hören muss. Meine Füße stampfen auf den Boden und ich stoße die Tür zu meinem Büro auf. Ich drücke auf den Lichtschalter und meine Augen blinzeln von den hellen, blendenden Halogenleuchten über mir. Ich sollte sie austauschen lassen.

Ich lasse mich in meinen Stuhl hinter dem Schreibtisch fallen und hole das Tablet heraus, das mit der Videoüberwachung in DeLucas Haus verbunden ist.

Ich lehne mich in meinem Stuhl zurück, eine Hand umklammert das Tablet und die andere mein Telefon. „Nun, sie ist noch nicht zu Hause."

Ich blättere durch ein halbes Dutzend Bildschirme mit verschiedenen Perspektiven und Blickwinkeln innerhalb und außerhalb von Ginos Grundstück. Ich sollte einen guten Blick auf ihre Ankunft haben, wenn Vance sie dorthin bringt.

In meinem Magen bildet sich ein Loch.

Was ist, wenn er sie zurück zum Gelände bringt und sie erneut terrorisiert?

Solche schrecklichen Gedanken machen mir nur unnötig Sorgen. Wenn es nicht um mein Kind ginge, das sie in sich trägt, wäre ich mir nicht so sicher, ob ich ihr wirklich nachjagen würde.

Ist das der einzige Grund, warum ich sie hier bei mir haben will?

„Ich beschatte Vance, aber es sieht so aus, als ob sie zurück zu Gino's gehen", sagt Moreno.

„Komm zurück zum Gelände. Es hat keinen Sinn, dass du ihnen weiter folgst." Ich behalte das Tablet im Auge und scrolle zwischen den Bildschirmen hin und her, nur für den Fall, dass es etwas gibt, das sich zu untersuchen lohnt.

„Klar doch, Chef."

Ich beende den Anruf und das Telefon fällt mit einem dumpfen Aufprall auf meinen Schreibtisch. Es kostet mich all meine Kraft, es nicht quer durch den Raum zu werfen.

Meine Finger jucken vor Wut und Angst. Ich balle meine Hände zu Fäusten und atme laut durch meine Nase aus.

Im Büro ist es heiß.

Verstopft.

Mit beiden Händen umklammere ich das Tablet und starre auf den Bildschirm und die verschiedenen Kameraperspektiven von verschiedenen nahe gelegenen Orten auf dem DeLuca-Grundstück.

Der einzige Raum, der verkabelt ist, ist das Büro von Gino, und das ist leer.

Ich überfliege das Videomaterial und suche nach etwas, das mir einen Vorteil verschaffen könnte.

Gino steht auf der Veranda und hat die Arme vor der Brust verschränkt. Er wartet auf Nikki, die nach Hause kommt.

Ich scrolle durch zwei weitere Kamerabilder und sehe, wie sich das Tor öffnet. Dahinter wartet ein Geländewagen auf der Einfahrt.

Ich kann weder den Fahrer noch die anderen Insassen sehen, aber ich vermute, dass es Nikki ist, und schon bald werde ich es mit Sicherheit wissen.

Der Geländewagen hält abrupt am Vordereingang an und die Beifahrertür des Fahrzeugs schwingt auf. Das Video flackert, kommt aber so schnell zurück, wie es verschwunden ist.

Nikki klettert aus dem Geländewagen und steht vor ihrem Vater. Er ist größer als sie, vor allem, weil er direkt über ihr auf der Stufe steht.

Ihre Schultern sind hängend und ihr Kopf gesenkt. Ich kann ihre Lippen nicht lesen, geschweige denn sie aus meinem jetzigen Blickwinkel sehen.

Es gibt keine Umarmungen. Keine herzlichen Begrüßungen, soweit ich das erkennen kann. Das Video ist erstklassig, aber es ist trotzdem nicht perfekt.

Das Sonnenlicht stört, und ihre Position verschafft mir auch keinen Vorteil.

Gino zeigt auf den Eingang der Tür und ich schwöre, sie stapft hinein.

Vielleicht bilde ich mir das nur ein und stelle mir die Frechheit vor, die aus ihr herauspurzelt.

Ich scrolle weiter durch die Videoübertragungen und schaue auf, als ich Schritte höre, die sich meinem Büro nähern.

Moreno betritt mein Büro und schließt die Tür hinter sich.

Ich nehme kaum Augenkontakt mit ihm auf.

„Sie ist nur ein Mädchen. Es gibt noch viel mehr von ihnen da draußen", sagt Moreno.

Ich wehre mich gegen seine Andeutung.

„Sie trägt mein Kind in sich. Ich hätte sie nicht gehen lassen dürfen." Ich schlage meine Faust auf den Holztisch. Wut kocht in meinem Blut und fließt durch meine Adern.

Das Letzte, was ich will, ist, schwach zu erscheinen. Sie gehen zu lassen, war ein Fehler, den ich wiedergutmachen muss.

Ich habe es versaut.

Und zwar gewaltig.

Ich lasse das Tablet auf den Schreibtisch fallen und stehe auf.

„Wie lautet der Plan?" fragt Moreno. Er ist mir schon einen Schritt voraus. Wir arbeiten schon so lange eng zusammen, dass er die unheimliche Fähigkeit hat, meine Gedanken zu erkennen. „Wir brechen auf dem Gelände der DeLucas ein und entführen sie?"

Wenn er das so sagt, hört es sich schrecklich an, aber sie und das Baby gehören mir. Ich kann nicht zulassen, dass dem Kind, das sie in sich trägt, etwas passiert.

„Ihr Vater hat sie vergiftet", sage ich und werfe meine Hände in die Luft. „So wie ich das sehe, sind wir auf einer Rettungsmission."

Moreno grinst mich an. „Wie du es auch immer sehen willst, Boss. Plötzlich sind wir die Guten." Er lacht leise vor sich hin.

Ja, verrückt.

KAPITEL SECHSUNDDREISSIG

NICOLE

„Papa." Ich klettere aus dem Geländewagen und gehe auf den Eingang zu.

Er steht über mir auf der obersten Stufe und überragt mich. Seine Arme sind auf der breiten Brust verschränkt und er scheint sich nicht im Geringsten zu freuen, mich zu sehen.

Warum ist das so?

Ich weiß, dass ich wütend abgehauen bin, aber das ist doch schon ewig her. Er hat mich in der Nacht gesehen, als ich entführt wurde.

War er nicht besorgt, dass ich gezwungen sein könnte, mit Dante nach Hause zu gehen?

„Du bist eine Schande für die Familie", sagt Papa.

Ich entschuldige mich nicht. Ich beiße mir auf die Zunge, um meine Lippen zu versiegeln und meine Gedanken unter Kontrolle zu halten.

„Weißt du, was für einen Ärger du verursacht hast? Die vielen Arbeitsstunden, um dich und dein Drama zu bewältigen?" schimpft Papa.

Heißt das, wenn ich noch ein wenig länger bei Dante durchgehalten hätte, wäre Papa zu mir gekommen?

Die Zungenschläge gehen weiter.

„Ich erwarte, dass du dich an meine Regeln hältst, solange du unter meinem Dach wohnst, Nicole. Zuerst gehst du auf dein Zimmer und machst dich hübsch. Auch wenn du dachtest, du wärst aus einer Ehe herausgekommen, kann ich dir bestätigen, dass du heiraten wirst."

„Was?" Ich kann nicht länger schweigen. „Papa, nein!" Hat er den Verstand verloren?

Er deutet auf die Tür. „Rein und nach oben. Sofort!" Seine Stimme jagt mir einen unwillkürlichen Schauer über den Rücken.

Ich werde praktisch ins Haus gestoßen, meine Schuhe klappern über den Boden, während ich die Treppe zu meinem Schlafzimmer hochstürme.

Ich knalle die Schlafzimmertür zu und spüre, wie das Haus vibriert.

Es ist, als wäre ich wieder zwölf und würde dafür bestraft, dass ich mich rausgeschlichen habe. Ich werfe die Schuhe weg, die entweder Dante oder einem seiner Männer gehören. Ich bin mir nicht sicher, und es ist mir auch völlig egal.

Sie werden später im Müll landen.

Ich setze mich an den Rand des Bettes und lasse mich zurück auf die Matratze fallen, wobei meine Beine über die Seite baumeln.

Es war ein Fehler, hierherzukommen.

Mein Herz schmerzt und mein Magen ist wie verknotet, aber es gibt keine Tränen, nur jahrelange Wut, die tief in mir vergraben ist und nur darauf wartet, herauszukommem.

Ich rühre mich nicht von meiner Position auf dem Bett. Ich bin zwar nicht ganz so eingesperrt wie bei Dante, aber ich kann nirgendwo hingehen, ohne gemaßregelt zu werden. Besonders heute Abend.

Ein festes Klopfen an der Schlafzimmertür ertönt.

„Komm rein", sage ich.

Papa würde nicht anklopfen. Er würde einfach hereinplatzen.

Vance öffnet die Schlafzimmertür und betritt den Raum. Er wirft einen Blick über seine Schulter auf mich. „Dein Vater hat mich gebeten, nach dir zu sehen." Er hält einen Finger hoch, um zu warten, und schließt dann die Tür hinter sich.

Ich habe keinen Bock auf seine Mätzchen und Spielchen. Vance ist Papas Stellvertreter. Er ist so loyal, wie nur möglich. Er ist praktisch ein Hund, der ihm überallhin folgt und es ihm unbedingt recht machen will.

Ich setze mich auf und schenke ihm meine Aufmerksamkeit, aber das ist alles, was er bekommt. „Ich werde niemanden heiraten."

Ich bin nicht im Geringsten erfreut, wieder hier zu sein.

Das war mein Werk. Ich hatte die Möglichkeit zu fliehen und neu anzufangen, und ich hätte sie nutzen sollen.

„Du solltest duschen und dich anziehen. Er wird zum Abendessen hier sein und wer weiß, vielleicht magst du ihn ja sogar", sagt Vance.

Er kann gut mit Menschen umgehen und weiß, wie man die Herzen vieler Frauen gewinnt.

Aber er kann mich nicht dazu überreden, bei ihm mitzuspielen.

„Ich habe eine Idee. Warum gehst du nicht an meiner Stelle?" scherze ich.

„Schnippisch ist nicht deine Farbe", schießt Vance zurück.

Ich zucke leicht mit den Schultern und strecke meine Arme aus. „Ich gehe nicht mit einem Typen essen, mit dem Papa mich verkuppeln will." Es gibt keine Chance, dass er mich überzeugen kann. Außerdem bin ich nicht hungrig. Das bin ich schon lange nicht mehr.

Der Gedanke an Essen und daran, zu einem fremden Mann nett zu sein, macht mich nervös und dreht mir den Magen um.

Vielleicht ist es auch die Schwangerschaft oder das blöde Fieber, von dem Dante mir erzählt hat, dass ich infiziert bin.

Ohnehin ‚wird mir jeden Moment schlecht.

Ich springe aus dem Bett und renne durch den Raum in das angrenzende Badezimmer. Ich knalle die Tür zu, schalte den Ventilator ein und hebe den Deckel an.

Ich bete, dass Vance mir nicht folgt und keine Fragen stellt. Er kann glauben, dass es eine Lebensmittelvergiftung oder die Nerven sind. Es ist mir scheißegal, worauf er hereinfällt, aber ich werde keinen von Papas Kunden unterhalten.

„Du kannst dich nicht ewig da drin verstecken", schreit Vance mich an und klopft an die Tür.

„Doch, das kann ich. Geh weg!"

Es folgt eine minutenlange Stille. Vielleicht hört er mich kotzen, oder er hat beschlossen, mir etwas Freiraum zu lassen. Ich bezweifle, dass er mich in Ruhe lassen wird.

Er wird zurückkommen.

Als ich im Bad fertig bin, stolpere ich zurück ins Bett und lege mich über die frisch gemachten Decken. Die Laken sind fest zugezogen, und ich ziehe kräftig an der Bettdecke, um darunter zu klettern. Es ist mir egal, dass die Vorhänge offen sind und es mitten am Nachmittag ist.

Ich bin erschöpft.

Ich döse ein. Ich bin mir nicht sicher, wie lange, als ich höre, wie das schwere Blei von Schuhen die Treppe hinauf, den Flur hinunter und in mein Zimmer stapft.

Es ist laut genug, um die Toten zu wecken.

Scheiße!

Papa reißt meine Tür auf und der Griff bricht in seiner Hand ab.

Ehrlich gesagt hat es nicht viel gebraucht. Die Schrauben waren locker, und der Griff war billig und musste repariert werden.

„Es ist mir egal, ob du mit Romano zu Abend essen willst oder nicht. Du wirst ihn begleiten und angemessen gekleidet sein. Wenn du damit nicht zurechtkommst, werde ich Vance bitten, dich zu baden und anzuziehen, und ich werde dich als Anstandsdame begleiten."

„Du schickst Vance nicht als Anstandswauwau zu mir?"

Papas Antwort ist trocken. Es gibt kein Lächeln und kein Funkeln in seinen Augen. „Nein", sagt er.

Ich habe ihn enttäuscht. Das ist offensichtlich und es wäre mir auch egal, aber wenn ich hier bleiben will, muss ich einen Weg finden, ihn davon zu überzeugen, mich hierzulassen.

Soll ich ihm von dem Baby erzählen? Ist das mein Ticket, um seinem Wahnsinn zu entkommen? Er will mich verheiraten.

Aber warum? Für sein Imperium oder aus einem anderen Grund, den ich nicht einmal begreifen kann?

Seine Vorstellungen waren schon immer antiquiert. Ich habe nie viel darüber nachgedacht, als ich aufs College gegangen bin. Schade, dass ich nach Hause gekommen bin. Das war der größte Fehler meines Lebens.

Neben dem, hierher zurückzukommen.

Und das Baby.

Nun, okay, das macht drei.

Ich treffe keine guten Entscheidungen.

Es ist nicht so, dass ich in einer stabilen Familie mit einer normalen Kindheit aufgewachsen wäre. Mein Vater war bei der Mafia, und obwohl er kein Don war, stieg er schnell auf. Das passiert nicht, wenn man nett oder einfühlsam ist.

Er ist ein Killer.

Ich bin kein Idiot. Ich weiß, was er getan hat, aber das bedeutet nicht, dass er mich ausliefern und an den Meistbietenden verheiraten muss.

„Hast du nichts zu deiner Verteidigung zu sagen, Nicole?" Er wartet auf eine Entschuldigung oder zumindest auf ein Wort der Anerkennung.

Er möchte meine Niederlage.

Nun, die wird er nicht bekommen.

„Ich kann Romano nicht heiraten", sage ich. Ich weiß genau, was Papa wütend machen wird - ihm die Wahrheit zu sagen.

Mir wäre es lieber, er würde mich hinausschmeißen, anstatt mich zu zwingen, einen Fremden zu heiraten.

Mit einem nervösen Atemzug lasse ich den Worten freien Lauf. „Ich bin schwanger."

Es gibt keine Anzeichen von Emotionen und die Wut, die ich erwartet hatte, ist gut versteckt, wenn sie überhaupt existiert. Papa hat gelernt, seine Emotionen hauptsächlich in Wut zu kanalisieren.

Ich kenne auch seine Enttäuschung über mich sehr gut.

Papa hebt eine Hand, um zu zeigen, dass er genug gehört hat. „Geh duschen, zieh dich an und mach dich bereit, damit Romano mit dir zu Abend essen kann."

„Gehen wir aus?", frage ich. Wenn Papa mich mit Romano gehen lässt, besteht die Chance, dass ich zu Fuß fliehen kann. Oder ein anderes Fahrzeug stehlen. Aber dieses Mal werde ich nicht erwischt.

Seine Augen straffen sich, als er mich ansieht. „Weggehen? Nein, du darfst dich nicht außerhalb dieser vier Wände aufhalten, bis du verheiratet bist."

Die Luft wird mir aus der Lunge gestohlen. „Was?" Das kann nicht sein Ernst sein. Er würde mich doch nicht als Gefangene halten, oder?

„Ich habe genug von deinen kindischen Mätzchen, Nicole. Du wirst Romano heiraten."

Ich wünschte, Mama wäre noch da. Sie war die einzige Person, die ihm die Stirn bieten konnte, obwohl er auch zu ihr nicht besonders nett gewesen war.

„Ich soll ihn heiraten, auch wenn ich ihn nicht liebe?"

„Liebe ist eine Idee, die von Männern mit tiefen Taschen erfunden wurde."

Ich nähere mich dem Fenster, meinem einzigen Zufluchtsort, während ich eingesperrt bin. Ich starre hinaus auf den Garten in die Mitte des Geländes. Selbst wenn ich mich befreien, mein Fenster öffnen und hinunterklettern könnte, gäbe es keine Möglichkeit zu fliehen.

„Ich kann Romano nicht heiraten. Ich bin in Dante verliebt und bekomme ein Kind von ihm", sage ich. Meine Hand fällt auf meinen Unterleib. Man sieht kaum etwas, und die Kleider, die ich trage, sitzen so locker, dass es niemand merkt.

Papa stürmt weiter ins Schlafzimmer und drängt mich am Fenster in die Enge. „Willst du ein vaterloses Kind? Ein Sohn oder eine Tochter, die ohne Vorbild aufwächst? Das ist es, was du von mir verlangst, Nicole, dass ich dich in einer Fantasiewelt leben lasse, in der du ein Kind allein aufziehst."

Würde Dante das Baby mit mir großziehen wollen? Darüber hatten wir noch nicht gesprochen.

„Ich wäre nicht allein. Ich würde Dante haben."

Ich habe meinen Verstand verloren.

Das ist der einzige Grund, warum ich so verrückte Dinge zu Papa sagen könnte. Es ist einfacher zu glauben, dass Dante mich heiraten will, als die harte Realität einer Ehe mit Romano zu akzeptieren.

„Warum hast du Dante dann verlassen? Du wolltest ihn heiraten und bist weggelaufen. Wie du es immer tust, Nicole. Du weißt nicht, was du willst. Du bist praktisch noch ein Kind", sagt Papa und starrt auf mich herab. Er streichelt mir über den Kopf, wie man es bei einem kleinen Kind tun würde.

Da dreht sich mein Magen um.

Ich schiebe seinen Arm weg.

Er setzt mich herab, erniedrigt mich, und ich hasse das.

Ich hasse ihn.

Die Wut kocht in mir hoch und vernebelt meinen Verstand. Was hat er darüber gesagt, Dante zu heiraten? „Was meinst du damit, ich sollte ihn heiraten?"

Ich bin froh, dass ich am Rand der makellosen weißen Fensterbank sitze. Der Blick auf den Garten unter mir beruhigt mich ein wenig, als ich meinen Blick von Papa losreiße. Ich brauche Freiraum, aber er gibt ihn mir nicht. In seiner Gegenwart zu sein, ist erdrückend.

So habe ich mich auch bei Dante gefühlt, nur anders.

Ich kann es nicht erklären.

Dante hat mich zwar in seinem Turm eingesperrt, aber er schien sich wirklich um mich zu kümmern. Andererseits hatte er mich entführt und mich gezwungen, bei ihm zu leben.

Meine Finger verheddern sich in meinen Haaren.

Ich schwöre, ich brauche professionelle Hilfe, aber mit wem könnte ich reden? Ich meine, mein Vater und der Vater meines Kindes sind beide Mafia Don's. Unser Leben und alles, was wir erleben, unterliegt der Schweigepflicht.

Eine Therapie ist keine Ausnahme.

„Dieses Gespräch ist beendet", sagt Papa.

Gut so.

Ich bin es auch leid, mich mit ihm auseinanderzusetzen.

Heißt das, dass ich gewonnen habe?

„Du hast eine Stunde Zeit, dich fertig zu machen, bevor Romano kommt."

Ich muss nur dafür sorgen, dass er mich nicht will. Wie schwer kann das schon sein? Im schlimmsten Fall sage ich Romano, dass ich schwanger bin. Das sollte ihn abschrecken.

KAPITEL SIEBENUNDDREISSIG

DANTE

„Da fährt ein Truck auf das Gelände", sagt Sawyer über den Hörer. Er ist einer meiner Capos.

Ich habe fast alle meine Männer hergebracht und nur ein paar Soldaten zurückgelassen, um unser Haus zu bewachen.

„Gibt es Anzeichen dafür, wer oder was da drin ist?" frage ich.

Es ist kein Geheimnis, dass Gino in Waffengeschäfte, Mädchen und Drogenhandel verwickelt ist. Mit zwei von drei Dingen habe ich kein Problem, aber mit Frauen, einschließlich Kindern, auf keinen Fall.

Ich habe eine gewisse Moral.

„Ein Typ im Anzug hat gerade geparkt und steigt aus seinem Truck aus. Ich erkenne ihn nicht", sagt Moreno. Er beugt sich mit dem Fernglas neben mich und beobachtet die Szene.

Ich halte ihm meine Hand hin. Ich will diesen Mistkerl sehen, der für Gino arbeitet.

Ich erkenne ihn nicht wieder. Ich gebe Moreno das Fernglas zurück und schaue auf das Tablet, das ich mitgebracht habe. Wir sind über das Telefon mit dem WLAN verbunden, also haben wir ein gutes Signal und ich kann die Überwachung im Auge behalten und sicherstellen, dass niemand unerwartet kommt.

„Boss", knackt Sawyers Stimme durch den Ohrhörer. Das Audiosignal ist gestört, aber das Video ist immer noch einwandfrei.

Ich halte Moreno einen Finger hin, um zu warten, und dann ist die Verbindung wieder kristallklar. „Du wirst es nicht glauben. Der Anzugträger hat Blumen mitgebracht, einen Strauß Rosen. Wer zum Teufel bringt dem Don Blumen?"

„Es ist nicht für Gino", sage ich mit trockenem Mund. „Wer auch immer es ist, er ist wegen Nikki hier."

Ich bezweifle, dass es auf dem DeLuca-Gelände ein Gefolge von Frauen gibt, die Blumen bekommen. Es werden vielleicht mehrere Frauen gefangen gehalten, aber niemand umwirbt sie.

Ein Mann kauft nur dann Blumen für ein Mädchen, wenn er versucht, sie zu vögeln, oder wenn er in der Hundehütte sitzt und sich entschuldigt.

Ich bin froh, dass ich keine weitere Minute zu Hause vergeudet habe.

Bin ich impulsiv? Wahrscheinlich, aber das ist mir scheißegal.

Nikki gehört mir.

Niemand sonst kommt in die Nähe von Nikki oder meinem Baby.

Schon gar nicht irgendein Anzugträger mit Rosen.

Vergiss es. Ich kann nicht länger den Überblick behalten.

„Wie viele Wachen sind an der Grenze?" Wir müssen uns beeilen, bevor die Situation ernst wird.

Sawyers Stimme meldet sich als Erste in der Leitung. „Wir haben zwei Wachen am Nordeingang. Ich kann sie mit einem Ablenkungsmanöver auf der Ostseite locken."

„Warte", unterbricht Caden, ein anderer Capo, bevor Sawyer seinen Plan ausführen kann.

„Gino ist gerade nach draußen gegangen. Ich habe ihn im Visier. Ich kann ihn ausschalten", sagt Caden.

Nikki hat Vorrang, aber die Möglichkeit, den Boss des DeLuca-Imperiums auszuschalten, ist eine lohnende Ablenkung. „Tu es", sage ich.

Gino ist ein Schwein, das sich junge Mädchen schnappt und sie in sein Unternehmen einschleust. Er wird nicht vermisst. Schon gar nicht von mir.

Von meiner Position aus kann ich den Anschlag nicht sehen.

Auf den Überwachungsbildern ist er auch nicht zu sehen, was ein Segen ist, denn so wissen seine Männer wenigstens nicht, was sie getroffen hat.

Moreno und ich behalten die Überwachungsvideos im Auge und geben meinen Männern genug Zeit, eine Wache nach der anderen auszuschalten, bevor wir erwischt werden.

Meine Männer sollen die Umgebung räumen, während wir uns darauf vorbereiten, in den Haupteingang einzudringen. Ich kann mir die Aufnahmen nicht ansehen und an der Front sein.

Strategisch gesehen sollte ich zurückbleiben, aber als Don weigere ich mich, meinen Männern den Krieg zu befehlen, ohne einen Fuß auf das Schlachtfeld zu setzen. Ich übergebe das Tablet an Moreno.

Er ist mein Stellvertreter. Sollte mir etwas zustoßen, werden meine Männer seine Befehle befolgen.

Ich habe eine Handfeuerwaffe am Knöchel und eine halb automatische Waffe um die Schulter gelegt. Ich ergreife die Waffe und erinnere meine Männer daran, dass sie auf keinen Fall Nikki erschießen dürfen.

Sie ist die Mutter meines Kindes.

Sie gehen zu lassen, war ein Fehler. Eine momentane Fehleinschätzung. Sie verdient die Freiheit, aber nicht so, wie sie glaubt, dass sie sie will.

Nikki war sich der Gefahr nicht bewusst, in die sie sich begeben hatte, als sie nach Hause zurückkehrte.

Ihr Vater hat sie vergiftet. Er hat ihre Entführung angeordnet und zugelassen, dass sie verkauft wird.

Ich habe versucht, sie zu warnen, aber sie hat mir nicht geglaubt.

Warum sollte sie auch?

Jetzt bin ich gekommen, um sie und mein Kind, das sie trägt, zu retten.

Aber wird sie das auch so sehen?

KAPITEL ACHTUNDDREISSIG

NICOLE

Romano bringt mir Rosen. Soll ich mich jetzt Hals über Kopf in seine Bemühungen verlieben?

Sie wurden offensichtlich im Supermarkt gekauft.

Er hat sich nicht einmal die Mühe gemacht, zu einem Blumenladen zu gehen.

Ich hasse Rosen. Sie haben die Farbe von Blut.

Meine Mutter hatte an dem Tag, an dem sie ermordet wurde, einen Strauß roter Rosen bekommen.

Romano konnte weder von den Blumen noch vom Tod meiner Mutter wissen. Zumindest glaube ich nicht, dass er eine Ahnung von beiden hatte.

Ich trage die Rosen in die Küche und finde eine Vase unter der Spüle. Als ich die Stiele abschneide, steche ich mir in den Daumen.

Das Blut läuft ins Waschbecken und ich lasse den Wasserhahn laufen, wobei ich meinen Daumen unter den Wasserhahn halte.

„Verdammte Rosen", murmle ich vor mich hin.

Wenn ich abergläubisch wäre, würde ich denken, dass es ein Omen ist.

Aber das bin ich nicht.

Normalerweise nicht.

Mein Magen kribbelt und ich denke darüber nach, dass es nur meine Nerven sind, die mich nervös machen. Das ist der letzte Ort, an dem ich sein möchte: mit einem Fremden, der auf Befehl meines Vaters zu Abend isst.

Wenn er nicht ein Mafiaboss wäre, der eine arrangierte Ehe wie ein Steak im Restaurant bestellt, wäre ich gedemütigt. Ich kann mir selbst ein Date suchen. Wenn ich genug Zeit hätte, könnte ich wahrscheinlich auch einen Ehemann finden.

Natürlich erleichtert es das nicht, wenn man schwanger ist, aber ich komme schon allein mit einem Baby klar. Wie schwer kann das schon sein?

Ich bin mit den Rosen fertig und schlendere in aller Ruhe zurück ins Esszimmer, wo Romano wartet. Er hat sich noch nicht hingesetzt und sieht unangenehm deplatziert aus.

Er ist ganz freundlich , aber nicht wirklich mein Typ. Er ist klein, etwas stämmig und sein Haar sieht aus, als hätte man es mit Schuhcreme gefärbt. Ich gehe jede Wette ein, dass die Farbe auf die Möbel abfärbt.

„Ich hoffe, die Blumen gefallen dir, Nicole. Ich bin extra in die Stadt gefahren, um sie für dich zu besorgen."

Soll ich jetzt beeindruckt sein? Ich bin es nämlich nicht.

Ich antworte Romano nicht. Seine Blumen sind das Kompliment nicht wert.

Warum will Papa, dass ich ihn heirate? Geht es um ein Stück Land und zwei Ochsen? Wir sind nicht mehr im 19. Jahrhundert. Ich lasse mich nicht vorführen und versteigern.

Aber genau das ist passiert, und ich gehöre Dante.

Hat er mich gekauft, oder war es die ganze Zeit sein Werk?

„Dein Vater hat mir erzählt, dass du in letzter Zeit viel durchgemacht hast", sagt Romano. Er deutet mir, mich an den Tisch zu setzen und zieht meinen Stuhl heran.

Verhält er sich normalerweise so oder ist das eine Show, die er abzieht, denn gelegentlich kommt Papa am Esszimmer vorbei. Seine Schritte sind unübersehbar, wenn er sich nähert.

„Ja." Ich setze mich an den Tisch. Ein wunderschönes, makelloses weißes Tischtuch mit Spitzenbesatz an den Rändern schmückt den Tisch, aber das Essen wurde noch nicht gebracht.

Papa hat einen Vollzeitkoch, der alle unsere Mahlzeiten zubereitet. Ich gehe davon aus, dass das auch heute Abend so sein wird.

„Ich nehme an, ich kann von Glück reden, dass dein Vater dich an Dante verkauft hat und nicht an seinen ursprünglichen Plan."

Wovon redet er? „Wie bitte?"

„Du weißt schon, sein Plan, dich zu vergiften. Er hat mich gewarnt, dass du vielleicht keinen Hunger zum Abendessen hast und ein wenig launisch bist wegen der Antibiotika, die sie dir gegeben haben, aber er hat mir versichert, dass du nicht ansteckend bist."

Mir wird gleich schlecht. Ich lege meine Hände flach auf den Tisch. „Papa hat mich an Dante verkauft?"

„Ja, er hat die Entführung wegen deines Wutanfalls inszeniert, um dir eine Lektion zu erteilen. Ich hoffe, es hat funktioniert. Ich gebe nur ungern zu, dass ich nicht annähernd so kreativ bin wie dein Vater."

Ich werde Papa umbringen.

Übelkeit und Furcht verwandeln sich in Abscheu.

Mir bleibt nichts anderes übrig, als Romano so freundlich wie möglich abzufertigen.

Ich lege meine Hand auf meinen Unterleib. Jetzt oder nie. Hoffentlich schreckt ihn das ab.

„Hast du die Neuigkeiten gehört? Ich trage das Kind von Dante Ricci." Mit einem verschmitzten Lächeln lege ich eine Hand auf meinen Unterleib.

Ich erwarte fast, dass Papa ins Esszimmer stürmt und mich ausschimpft, aber er kommt nicht.

Tatsächlich sind seine Schritte im Flur nicht mehr zu hören. Er muss in sein Büro oder an die frische Luft gegangen sein.

„Don Riccis Kind?", fragt Romano. Seine Augen weiten sich und seine Haut wird grässlich. Es schien ihn nicht zu stören, dass mein Vater mich vergiftet, entführt und verkauft hat, aber eine Schwangerschaft ist zu viel für ihn.

Vielleicht hört er dann auf, so zu tun, als wolle er mich heiraten, und entschuldigt sich vom Tisch.

Ich würde viel lieber allein essen.

Direkt vor dem Gelände fallen Schüsse. „Gino wurde getroffen . Wir werden angegriffen!" Vance's Stimme dringt in den Speisesaal.

Romano stößt sich von seinem Stuhl ab und schnappt sich seine Pistole an der Hüfte. „Mach dir keine Sorgen. Ich werde dich beschützen."

Genau das ist es, was mich beunruhigt.

Ich dränge mich an Romano vorbei. Ich muss meinen Vater sehen.

„Papa!", rufe ich und erwarte, dass Vance mir sagt, wo er ist, oder dass ich Papas qualvolles Stöhnen höre. Er kann nicht weit weg sein.

Ich schaue nicht über meine Schulter zu Romano. Er hat eine Waffe und kann sich verteidigen. Ob er lebt oder stirbt, geht mich nichts an.

Ich eile den Flur hinunter. „Papa!"

Wenn er nicht tot ist, muss ich ihn vielleicht töten.

Ich komme gerade an der Bibliothek vorbei, als mich jemand in den Raum zerrt und mir den Mund zuhält.

Ich stoße den Eindringling mit meinem Ellbogen und trete ihm auf den Fuß. Er lockert seinen Griff nicht.

„Du kannst freiwillig mit mir kommen oder ich trage dich schreiend und tretend hier raus", flüstert Dante mir ins Ohr.

Ich drehe mich um und starre in seinen dunklen Blick. Ich sollte ihn hassen.

Er hat mich belogen.

Er hat mich überwältigt.

Er hat mich gezwungen, diese dumme kleine Pille zu nehmen, die mir das Leben gerettet hat. Aber das tue ich nicht. Alles, was ich fühle, ist Erleichterung.

„Warum?" Das ist alles, was ich fragen kann. Das einzige Wort, das mir über die Lippen kommt.

Dante ist für einen kurzen Moment still. „Du trägst mein Kind aus. Glaubst du wirklich, ich lasse dich mit diesem Verlierer ausgehen?"

„Woher weißt du das?" Ich ziehe ihn mit mir außer Sichtweite, falls sich eine der Wachen nähert. „Wir müssen dich hier herausbringen."

Er lacht leise vor sich hin. „Nur, wenn du mit mir kommst."

Ich sollte wütend sein, ihn wegstoßen, und ihm sagen, dass er gehen soll. Er ist in mein Haus eingedrungen.

Aber das hier ist nicht mein Haus. Zumindest nicht mehr.

Ich gibt keinen Grund zu glauben, dass Romano mich angelogen hat, was bedeutet, dass das Monster, mit dem ich lebe, nicht Dante ist, sondern mein Papa.

Aber ich muss es von Dante hören. „Ist es wahr?", frage ich und schaue zu ihm hoch.

Er schüttelt den Kopf. Er weiß nicht, was ich gerade erfahren habe.

„Du hast mir gesagt, dass Papa mich vergiftet hat. Hat er mich auch entführen lassen? Ist er derjenige, der Frauen, Mädchen und Kinder verschleppt?" Mein Herz könnte mir in der Brust platzen.

Ich dachte, Dante sei das Monster und vielleicht ist er das auch, aber mir gegenüber war er nie so.

Mir ist übel und Dante nimmt mich in die Arme, bevor ich zusammenbrechen kann. Es ist zu viel, um es zu ertragen.

„Ich nehme dich mit nach Hause."

Er fragt mich nicht nach meiner Erlaubnis. Draußen und drinnen sind Schüsse zu hören. Ist es sicher, zu gehen? Wahrscheinlich nicht, aber seine Männer sind die Eindringlinge, und ich bin bereit, mit ihm zu gehen. Selbst wenn ich von Dante gefangen gehalten werde, ist er menschlicher als mein alter Herr.

„Hast du meinen Papa getötet?" Ich muss die Wahrheit wissen.

„Ich habe den letzten Befehl gegeben, aber es war nicht meine Kugel."

KAPITEL NEUNUNDDREISSIG

DANTE

Ich erwarte Wut, Groll und Hass, aber das ist es nicht, was ich vorfinde, als ich Nikki rette.

Ihre Arme sind um meinen Hals geschlungen, als ich sie zur Vordertür hinaustrage, vorbei an dem Blutvergießen und den Leichen, die überall im Foyer verstreut sind.

Das ist nicht schön. Sie zuckt nicht einmal mit der Wimper.

Ich bringe sie zu meinem Truck, der vor den Metalltoren steht, die vor den Überwachungskameras verborgen sind, und schnalle sie auf dem Vordersitz an.

Moreno kann auf dem Rücksitz sitzen. Ich bin großzügig und biete ihm an, ihn zurück zum Gelände zu fahren. Er könnte mit Sawyer oder einem der anderen Männer zurückfahren. Einige haben Fahrzeuge mit Artillerie und Soldaten mitgebracht, die auf den Krieg vorbereitet sind.

Moreno wirft mir einen Blick zu und nickt mir stumm zu, dass mit meinen Männern alles in Ordnung ist.

Auf der Rückfahrt ist es still.

Gelegentlich werfe ich einen Blick auf Nikki. Sie starrt schweigend aus dem Seitenfenster. Ich habe noch nie erlebt, dass sie so still ist wie heute.

Ist sie wütend, dass wir ihren Vater getötet haben?

Sie hat kein Wort darüber verloren, nachdem ich gestanden hatte, den Befehl zu seiner Hinrichtung gegeben zu haben. Die meisten seiner Männer wurden vor Ort erschossen. Ein paar sind geflohen, wie ich über meine Ohrhörer gehört habe, und meine Soldaten machen weiter Jagd auf sie.

Wird die Familie DeLuca in Breckenridge endlich ein für alle Mal erledigt sein?

Nikki ist die Tochter eines Mafiabosses.

Wird sie sich entscheiden, das Erbe ihres Vaters zu übernehmen? Sie scheint nicht der Typ zu sein, der zu einem Mord fähig ist, und sie wird nicht weiter mit Frauen handeln.

Was bleibt also übrig? Waffen und Drogen?

———

Moreno schließt die Haustür auf, und ich trage sie in die Eingangshalle. Sie hat keine Schuhe an, und die Steinauffahrt und die Zementstufen sind selbst in der Abendsonne heiß.

„Ich gehe in mein Zimmer", sagt Nikki, sobald ihre Füße den Boden berühren.

Ich ziehe eine Grimasse, weil ich nicht weiß, warum sie so schnell ins Bett gehen will. Das Adrenalin pumpt immer noch blitzschnell durch mich. „Warum? Geht es dir gut?" frage ich.

Sie hat eine Menge durchgemacht. Ich kann es ihr nicht verdenken, dass sie ein Nickerchen machen möchte, auch wenn es schon spät ist.

Es war ein langer und wahrscheinlich anstrengender Tag für sie.

Nikki kneift die Lippen zusammen. „Ich dachte, du willst mich loswerden. Ich schätze, ich bin es gewohnt, in meinem Zimmer eingesperrt zu sein."

Meine strengen Beschränkungen für ihren Aufenthalt im Haus werden sich ändern. Ich glaube nicht, dass sie wieder weglaufen wird.

Vielleicht bin ich ein Narr, aber sie kann nirgendwo hin. Sie hat niemanden, an den sie sich wenden kann, und sie ist schwanger.

Vor ihrem Zimmer wird eine Wache postiert sein, aber das ist nur zu ihrer eigenen Sicherheit. Ich kann nicht sicher sein, dass die wenigen verbliebenen Männer nicht versuchen werden, sich zu rächen.

„Wenn du mit dem Essen fertig bist, solltest du zu mir in die Küche kommen."

Sie zieht eine Augenbraue hoch. „Woher weißt du, dass ich nicht schon gegessen habe?"

Alles, was sie gegessen hätte, wäre ihr angesichts der Ereignisse der Nacht wahrscheinlich schon hochgekommen. „Hast du?"

Ich erzähle ihr nicht, dass ich mit einem Soldaten durch die Küche gestürmt bin und den Koch erschreckt habe. Er warf ein halbes Dutzend Teller auf den Boden, als er sich auf den Boden warf, um sich zu verstecken.

Sie lächelt verlegen. „Nein."

„Worauf hast du Appetit?", frage ich. Ich bin kein guter Koch, aber ich habe einen tollen Koch im Haus.

„Suppe, Kekse, Wasser, das Übliche."

Das geht nicht. Dieses Spiel spielen wir nicht mehr. „Du isst ein gesundes Abendessen. Wenn ich dich zum Essen einladen muss, um deinen Appetit zurückzugewinnen, dann soll es so sein."

Ein Lächeln umspielt ihre Lippen. Sie scheint viel entspannter zu sein und sich wohlzufühlen. „Du lässt mich hier weggehen?"

„Du bist keine Gefangene, Nikki", sage ich und will, dass sie die Wahrheit kennt und sie akzeptiert. „Ich hatte nie vor, dich zu kaufen und einzusperren. Aber als ich erfuhr, dass du schwanger bist, machte ich mir Sorgen, dass ich mein Kind nie sehen würde und du eine Zielscheibe wärst."

Sie nickt langsam und hört sich an, was ich zu sagen habe.

„Du willst mir wirklich sagen, dass ich in einen Laden gehen kann, um Schwangerschaftskleidung zu kaufen und einen Milchkaffee zu trinken?"

„Ja, ja, und wenn das Baby auf der Welt ist, kannst du so viel Kaffee und Koffein trinken, wie du willst." Das heißt aber nicht, dass ich sie allein gehen lasse. Ein Wachmann wird sie immer beschützen.

Sie rümpft ihre Nase auf diese liebenswerte Art, die mein Herz höher schlagen lässt.

„Ich vermisse Kaffee", jammert sie.

„Das ist eine gute Nachricht. Das bedeutet, dass du wieder Interesse am Essen hast." Ich streiche ihr eine Haarsträhne hinters Ohr.

Sie lehnt sich gegen meine Hand.

„Also, was das Abendessen angeht. Was möchtest du essen?"

„Ich habe wahnsinniges Verlangen nach Sushi", sagt Nikki.

Ich bin mir ziemlich sicher, dass eine schwangere Frau keinen rohen Fisch essen sollte. „Hast du noch andere Gelüste?" Nach allem, was sie durchgemacht hat, hasse ich es nein zu sagen.

„Abgesehen von dir?"

Es ist, als könne sie meine Gedanken lesen. Ich ziehe sie fest an mich, und unsere Lippen treffen aufeinander.

Ich bin dankbar, dass sie zurück ist und bei mir wohnt. Es lässt mein Herz höher schlagen, wenn ich höre, dass sie hier sein will, bei mir.

Meine Finger wandern über ihre Hüfte, unter ihr Shirt und streifen ihre Haut. Sie ist winzig und fühlt sich unglaublich zerbrechlich an.

Ich will sie verschlingen, aber erst, nachdem wir gegessen haben. Sie ist schwanger, und unser Baby und ihre Gesundheit müssen Vorrang vor meinen Bedürfnissen haben.

Es ist das erste Mal in meinem Leben, dass ich jemand anderen an die erste Stelle setze.

„Abendessen", sage ich wieder zwischen zwei Küssen. „Was möchtest du essen?"

Ihr Gesicht verzieht sich und sie wimmert, als meine Lippen auf ihrem Hals verweilen.

„Nikki?"

Ein leises Brummen ertönt aus ihrer Kehle.

„Alles, wenn du dabei nackt bist und mich damit fütterst." Das Grinsen, das sie ziert, zerrt an meinem Inneren und ihre Worte lassen meinen Schwanz hart werden.

„Frau, du wirst mein Tod sein."

EPILOG

NICOLE

Ich habe einen Sohn. Zeitweise machte ich mir Sorgen wegen des C-Fiebers, dem Schwangerschaftsstress und der Frühgeburt.

Aber als ich Luca in meinen Armen hielt und das überwältigende Gefühl der Freude spürte, wusste ich ohne Zweifel, dass es ihm gut gehen würde.

Und das ist es auch. Er ist perfekt, er wächst schnell heran, watschelt schon herum und macht alles Mögliche mit, was man sich vorstellen kann.

Luca hat die Augen seines Vaters, und jedes Mal, wenn ich unseren Sohn im Arm halte, erinnert er mich so sehr an Dante. Mit jedem Tag wird die Ähnlichkeit noch unheimlicher.

Dante ist sowohl als Ehemann als auch als Vater fantastisch. Für einen Mann, der durch und durch ein Alphatier ist, hat er auch eine sanfte Seite, die ich zu meiner Überraschung entdeckt habe.

„Wie geht's meinem Jungen?", fragt Dante, als er Luca in seine Arme nimmt und ihn herumdreht.

Luca nuckelt an seinem Schnuller und möchte ihn nicht hergeben, egal, wie sehr wir versuchen, ihn mit Stofftieren und Leckereien zu bestechen. Ich schwöre, dass er das verdammte Ding im Herbst noch mit in den Kindergarten nehmen wird.

Luca quietscht vor Freude, als Dante ihn in die Luft wirft. „Du wirst langsam zu groß dafür." Dante grinst und fängt ihn absichtlich tief am Boden auf, um so zu tun, als sei er viel zu schwer und groß.

„Ihr zwei verpasst mir noch einen Herzinfarkt", sage ich lachend. Das war nur ein halber Scherz. Ich versuche, nicht der überfürsorgliche Helikopter-Elternteil zu sein, aber sein Beruf ist gefährlich.

Luca und Dante sind meine Welt.

Ich hätte nie gedacht, dass ich den Tag erleben würde, an dem ich mit einem Don verheiratet sein würde.

„Gibt es etwas Neues von den DeLucas und Vance?",
frage ich und versuche, meine Frage lässig zu
formulieren.

Papa ist bei dem Überfall gestorben, als Dante mich
gerettet hat, und die meisten seiner Männer sind bei
dem Angriff ums Leben gekommen. Aber Vance war
mit zwei Männern, Marco und Rafael, in den Wald
geflohen.

„Ich habe Sawyer beauftragt, sie zu jagen. Vance wurde
in Chicago und Rafael in Kalifornien gesichtet."

„Hast du eine Ahnung, warum sie so weit voneinander
entfernt sind?" Ich will mich nicht um das Geschäft
kümmern, das ist Dantes Aufgabe, aber wenn es um
meine Ex-Familie geht, mache ich mir Sorgen, dass
mein Sohn ein Ziel sein könnte.

„Die Russen haben mich vor Vance gewarnt, aber nein,
ich weiß nicht, was er geplant hat", sagt Dante. „Ich
habe die besten Männer, die ihren Aufenthaltsort
überwachen, und wenn sie auch nur die Staatsgrenze
überqueren, werde ich es wissen."

Schwer atmend lehne ich mich zu Dante und küsse
ihn. „Ich vertraue dir."

„Ich weiß. Ich liebe dich und vertraue dir auch",
flüstert er auf meinen Lippen. „Oh, hast du gehört,
dass Moreno heiratet und ein Mädchen bekommt?

Kannst du dir vorstellen, wenn unsere Kinder heiraten..."

„Nein", unterbreche ich ihn, bevor er andeuten kann, was ich glaube, das er sagen will. „Keine arrangierten Ehen mehr. Unser Sohn kann heiraten, wen immer er will."

———

Danke, dass du Geheimes Gelübde gelesen hast. Setze das Abenteuer mit Gefangenschafts Gelübde fort, um die Geschichte von Moreno zu lesen.

Angestellt als Kindermädchen...

Ihr Vater sagt mir, sie sei stumm. Nur, dass ich sie dabei erwische, wie sie ein Wiegenlied summt.

Er ist ein Lügner. Oder sie hat alle getäuscht.

Was kann eine Vierjährige schon verbergen?

Ich hätte ihn wirklich überprüfen sollen. Stell dir meine Überraschung vor, als ich erfahre, dass mein mürrischer Chef für die Mafia arbeitet.

Ich will gehen, aber er lässt mich nicht. Ich bin seine Gefangene, die gezwungen ist, seinen Regeln zu folgen und zu tun, was er verlangt.

Jetzt GEFANGENSCHAFTS GELÜBDE mit einem Klick lesen!

Bist du bereit für deine nächste One-Click-Lektüre? Lies die Eagle Tactical Serie ab Enthüllt: Jaxson oder hol dir das Boxset Eagle Tactical Collection.

Und melde dich für meinen Newsletter an, um über neue Bücher, Werbegeschenke und Freebies informiert zu werden: www.authorwillowfox.com/subscribe

Ich freue mich, wenn du mir hilfst, das Buch zu verbreiten und es einem Freund oder einer Freundin zu empfehlen. Rezensionen helfen Lesern, Bücher zu finden! Bitte hinterlasse eine Rezension über dein Lieblingsbuch.

WERBEGESCHENKE, KOSTENLOSE BÜCHER UND MEHR GOODIES

Ich hoffe, dass dir GEHEIMES GELÜBDE gefallen hat und du die Geschichte von Dante und Nikki magst.

Melde dich für meinen Willow Fox Newsletter an

Wenn dir GEHEIMES GELÜBDE gefallen hat, nimm dir bitte einen Moment Zeit, um eine Rezension zu hinterlassen. Rezensionen helfen anderen Lesern, meine Bücher zu entdecken.

Du weißt nicht, was du schreiben sollst? Das ist okay. Er muss nicht lang sein. Du kannst erzählen, wie du mein Buch entdeckt hast: War es eine Empfehlung von einem Freund oder einem Buchclub? Lass die Leserinnen und Leser wissen, wer dein

Lieblingscharakter ist oder was du gerne als Nächstes lesen würdest.

Vielen Dank fürs Lesen! Ich hoffe, dass du dich in meine Mailingliste einträgst, damit ich dich über kostenlose Bücher, Werbeaktionen, Werbegeschenke und Neuerscheinungen informieren kann.

ÜBER DIE AUTORIN

Willow Fox liebt das Schreiben seit ihrer Highschoolzeit (vor vielen Jahren). Ihre Kleinstadtromane spiegeln das Leben in einer Kleinstadt im ländlichen Amerika wider.

Egal, ob sie Liebesromane schreibt oder draußen am Lagerfeuer sitzt und ein gutes Buch liest, Willow liebt die Magie des geschriebenen Wortes.

Sie träumt davon, von den Füßen gerissen zu werden und hofft, dass sie das auch bei ihren Lesern erreichen kann!

Besuche ihre Website unter:

https://authorwillowfox.com

Rücksichtsloses Gelübde

Gebrüder Bratva

Brutaler Boss

Böser Boss

Besitzergreifender Boss

Zwanghafter Boss